中华
ZHONGHUA HUN
魂

百部爱国故事丛书

血溅校场 杀身成仁
——民主斗士徐锡麟

盛海英　徐中华　编著

吉林人民出版社

图书在版编目（CIP）数据

血溅校场　杀身成仁：民主斗士徐锡麟 / 盛海英，
徐中华编著 . -- 长春：吉林人民出版社，2011.3（2021.8 重印）
（中华魂·百部爱国故事丛书）
ISBN 978-7-206-07492-9

Ⅰ . ①血… Ⅱ . ①盛… ②徐… Ⅲ . ①故事—中国—
当代 Ⅳ . ① I247.8

中国版本图书馆 CIP 数据核字 (2011) 第 031959 号

血溅校场　杀身成仁
——民主斗士徐锡麟
XUEJIAN JIAOCHANG　SHASHEN CHENGREN
——MINZHU DOUSHI XU XILIN

编　　著:盛海英　徐中华
责任编辑:郭雪飞　陈小龙　　　　封面设计:孙浩瀚
制　　作:吉林人民出版社图文设计印务中心
吉林人民出版社出版 发行(长春市人民大街7548号　邮政编码:130022)
印　刷:北京一鑫印务有限责任公司
开　本:787mm×1092mm　　1/16
印　张:8　　　　字　数:64千字
标准书号:ISBN 978-7-206-07492-9
版　次:2011年3月第1版　　印　次:2021年8月第2次印刷
定　价:35.00元

总　序

　　《中华魂》是一套故事丛书。它汇集了我国自鸦片战争以来一百八十余年间的近百位民族英雄、仁人志士、革命领袖、先进模范人物的生动感人事迹，表现了他们作为中华儿女的伟大的爱国主义精神。

　　爱国主义是人们对于"生于斯、长于斯、衣食于斯"的祖国的一种神圣感情，是人们对于自己民族的一种强烈的责任感和使命感，是感召和激励整个中华民族的一面永不褪色的旗帜。在一百多年的中国近现代史上，爱国主义一直激励着中华儿女为祖国的独立、统一、进步和繁荣而英勇奋斗。从"苟利国家生死以，岂因祸福避趋之"的林则徐，到"我自横刀向天笑，去留肝胆两昆仑"的谭嗣同；从"铁肩担道义，妙手著文章"的李大钊，到"青春换得江山壮，碧血染将天地红"的赵一曼；从"县委书记的好榜样"的焦裕禄，到"问鼎长天，扬我国威"的邓稼先……都表现出了强烈的爱国主义精神。正是由于热爱祖国的人们前仆后继地奋斗，国家和民族才得以生存，才能够在一次次历史危急关头转危为安，走向兴盛和富强，从而屹立于世界民族之林。爱国主义是鼓舞中华儿女历经忧患、跨越沧桑、百折不挠、自强不息的伟大力量，它贯穿于中华民族的整个历史，并有力地凝聚着五洲四海的中国人。

爱国主义是一个历史的范畴，在社会发展的不同阶段、不同时期有不同的具体内容。革命时期，需要我们为祖国的独立自主出生入死；建设时期，需要我们为祖国的繁荣富强增砖添瓦。在全国各族人民团结一心，开启全面建设社会主义现代化国家新征程的今天,我们要争做一名新时期的爱国者。新时期的爱国者要有强烈的民族自尊心、自豪感。民族自尊心、自豪感是任何时期、任何爱国者都必须具备的情感。民族自尊心能增强我们自立向上的恒心,民族自豪感能树立我们建设祖国的信心。要树立"祖国高于一切"的崇高信念,为了祖国和人民的利益不惜抛却个人的利益,甚至不惜牺牲个人的生命。我们要树立终身学习的理念,拓宽自己的知识面,广泛吸收新知识、新技术,完善自身的知识结构,更新学习知识的方法与理念,从思想上、知识上充分武装自己,为祖国的繁荣昌盛贡献力量。

　　爱国主义思想的继承和发扬,是关系到民族盛衰、国家兴亡的根本问题。爱国主义思想情操的形成,需要不断地培养。培养爱国主义精神的一个重要途径是向英雄人物和典范事迹学习和致敬。这套丛书的出版，对于青少年向英雄和先进人物学习，特别是对于在中小学生中进行爱国主义教育是不可多得的生动的教材。祝愿此书出版发行成功，为培养时代新人做出贡献。

胡维革

"放下生花笔，同来闯五关。"

——徐锡麟

目 录

中华魂 百部爱国故事丛书
ZHONGHUA HUN

1903年的金秋十月，在美丽的江南古城绍兴，大街上比往日热闹多了，人来人往，议论纷纷。原来是今年的乡试大考揭榜了。只见黄榜前面已围满了人，他们都在极力地寻找自己或亲人的名字。考中的就兴高采烈，高声叫喊着跑回家报信去了；落榜的呢，满腹惆怅，失望地想走，又担心是看得太急，漏掉了自己的名字，于是又再从头看。真是欢喜伤悲，人各不同。

只见一位身穿长衫，长相端庄，书生模样的年轻人站在后面，看了看黄榜，又看了看表情各异的人们，无奈地笑着摇了摇头，走开了。他似乎并不急着回家，而是朝着一个不断有人来回进出的大院走去。才走到

古城绍兴

血溅校场　杀身成仁

——民主斗士徐锡麟

院门，就已经听得见里面有许多人在寒暄、说笑。

原来，这家有人考中了秀才，现在家里正张灯结彩，遍请亲朋好友，大摆宴席为其庆贺。看见年轻人来了，便有人对屋里喊道：

"韩英，你的好朋友来了！"

被称作韩英的人，满脸喜气，原来是他考中了秀才。韩英一听好朋友来了，马上出门来迎接："哎呀，仁兄，你怎么才来呀！"

年轻人一愣："怎么，晚了吗？"

"不晚，不晚，快请入席。"

年轻人一拱手，抬起腿昂首阔步走进宾客云集的

乡　试

乡试是明、清时在各省省城和京城举行的科举考试。照例每三年举行一次，逢子午卯酉年为正科，遇皇家有喜庆之事加科称为恩科，由皇帝钦命正副主考官主持，凡获秀才身份的府、州、县学生员、监生、贡生均可参加。考试通常安排在八月举行，因此叫"秋试"。按四书五经、策问和诗赋分三场进行考试，每场考三天。举人一词，在元代以前，是指各地举荐进京参加会试的秀才；到明代，成了乡试合格秀才的专称。乡试第一名称解元，读书人成了举人才有资格进入更高层次的会试。

通过乡试的举人，可于次年三月参加在京师的会试和殿试。会试由礼部在贡院举行，亦称"春闱"，同样是连考三场，每场三天，由翰林或内阁大学士主考。会试发的榜称为"杏榜"，取中者称为"贡士"，贡士首名称"会元"。

得到贡士资格者可以参加同年四月的殿试。殿试由皇帝主持和出题，亦由皇帝钦定前十名的次序。殿试只考一题，考的是对策，为期一天。录取名单称为"甲榜"，又称"金榜"；分为三甲：一甲只有三人，第一名状元、第二名榜眼、第三名探花，赐"进士及第"。二甲多人，赐"进士出身"。三甲则赐"同进士出身"。二、三甲第一名一般称为"传胪"。殿试只用来定出名次，能参加的贡士通常都能成为进士，不会再有落第的情况。

能中进士便是功名的尽头，不能重考以求获得更高的名次。能够一身兼解元、会元、状元的，就是"连中三元"。

徐锡麟

宴会大厅。他脱去长衫挂上衣架上，往首席一坐，潇洒自如，不拘礼节。宴会开始后，他更是谈笑风生，既不恭维，也不祝贺，只是诙谐地对主人韩英说："今天我来吃喜酒，没有准备什么礼物。常言道："秀才人情纸半张"，现在我有四句打油诗奉送。"接着他站起身来，即席高声吟诵：

> 韩英居榜首，余子落孙山；
> 放下生花笔，同来闯五关。

登时，满座皆惊，韩英更是目瞪口呆。

年轻人吟罢，说道："我还另有要事，各位慢用。"说罢起身告辞。

这位蔑视功名，敢作敢为的年轻人，就是后来投笔从戎，领导安庆起义，并亲手击毙安徽巡抚恩铭的资产阶级民主革命家、著名的革命英烈徐锡麟。

血溅校场 杀身成仁

——民主斗士徐锡麟

胸 怀 大 志

　　浙江绍兴附近，有个依山傍水的小镇——东浦。这个古老而美丽的地方就是徐锡麟的家乡。1873年12月17日，徐锡麟就出生在这里。徐锡麟的父亲叫徐凤鸣，是个秀才出身，曾经做过山阴（今浙江绍兴）县吏。徐锡麟还有个表叔叫俞廉三，当过清朝的巡抚。所以徐家当时在东浦一带还是相当有名气的。

　　徐锡麟虽出身富裕家庭，但对农活很感兴趣。东浦的孙家溇附近有个小村叫赏祊，他常和小友们去那里帮助农民割稻、插秧。一次，因帮助农忙，直到深夜才回家，见家门已关，他连门也不去敲一下，又跑回赏祊，在一家农民家里睡觉，第二天一早又去割稻了。

绍兴东浦古镇

徐家成员概况

徐锡麟的表叔俞廉三（1841—1912），字廙轩，一字虞仙，山阴（今浙江绍兴）人。16岁投效山西戎幕，管理军符，参与军机，参加防河之役，先后积功，由武乡县知县晋代直隶知州，旋迁宁武知府，调补太原知府。俞廉三治晋达十五年之久，政绩卓然，为全省之冠。

徐锡麟的父亲梅生公，讳凤鸣，梅生公当过县吏，当地人都称他为"梅生师爷"，为人谨慎简朴，因经商得法，家庭逐渐富裕，梅生公育有六子四女。

徐锡麟的妻子王淑德，小名贞姑，绍兴柯桥人。王淑德聪明勤劳、知书达礼、见多识广。1905年与徐锡麟同去日本，参加光复会，改名徐振汉。

徐锡麟之子，名学文，字子登，徐就义时才一周岁多。

徐锡麟对贫苦农民是很同情的。徐家田地很多，租给佃农耕种。一次，恰逢他祖母生日，他父亲叫他到乡下去收租，他去了半天，傍晚却摇着空船回来了，惹得大家好笑。原来他到了佃农家里，开口便说：

徐锡麟故居阁楼

"今朝是我祖母生日，租谷不用付了，给你们买寿面吃！"说完就径自回来了。徐锡麟常去当铺门前徘徊，每见穷人来当衣时，他就拿出钱来周济他们，叫他们不要典当衣物。碰到衣不蔽体的乞丐，他常脱下自己的衣服施舍给他们。故出门时穿的好衣服，往往回来时就不见了。

他在家虽是大少爷，却无少爷架子，常杂在佣人中做清扫工作。穿吃都很随便，衣上口袋很多，人称"八卦衣"，袋里放着笔墨纸等物。他不爱多说话，喜怒不形于色。

徐锡麟小的时候，特别好动。尽管他家的生活条件比别人优越多了，可他就是喜欢和左邻右舍的穷孩子结伴游玩。一到夏天，他就和小伙伴们坐在大树下，听村里的老人讲民间故事。

有一回，他缠着村里的李大爷讲故事，李大爷只好给他讲了越王勾践复国的故事。

"在春秋时期，长江以南是吴国和越国，两个国家经常为争夺土地而厮杀，乃为世仇！

后来吴国的大王阖闾去攻打越国，却受伤而亡。阖闾之子夫差继位为吴国大王，发誓为其父报仇。

经过多年操练兵马，夫差终于得以打败越国。勾践想投降，买通了夫差宠臣，让他在夫差面前说好话。夫差没有听取伍子胥的忠言，放过了勾践，但要勾践过来做马奴，服侍自己。

勾践忍辱，到吴国为奴，又表现得对夫差很忠

绍兴越王台

——民主斗士徐锡麟

血溅校场 杀身成仁

南京朝天宫是春秋战国时吴王夫差冶铸宝剑之处

诚。有一次，夫差生病了，勾践为了表示忠心，就亲自尝了粪便。夫差大为感动，放了勾践，让他回了越国。

勾践回了越国后，住在了柴房里，床头挂了一个苦胆，每天尝一尝苦胆，提醒自己在吴国所受的屈辱，努力为复国做准备。

终于，后来，勾践打败了吴国，夫差自刎而死。"

小锡麟简直听得入迷了。家里的长工阿四跑来找他回去吃饭：

"大少爷，老爷喊你回家吃饭了。"

"好啦，知道了，你先回去吧。"

"可是，家里人都在等着你一起吃哪。"

小锡麟不耐烦了："你告诉他们先吃吧，听完了故

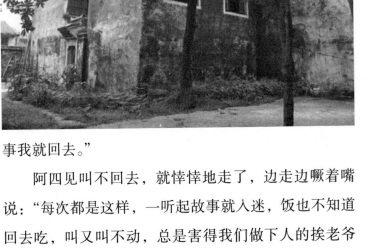

事我就回去。"

阿四见叫不回去，就悻悻地走了，边走边噘着嘴说："每次都是这样，一听起故事就入迷，饭也不知道回去吃，叫又叫不动，总是害得我们做下人的挨老爷骂。"

晚上，小锡麟蹦跳着回来了。他还在被故事里的人物牢牢地吸引着。回到家后，连屋子都没进，就在院子里找了个棍子挥舞起来。只见他一会儿挥拳踢腿，一会儿又跳桌子，跨凳子，爬竹竿，嘴上还不停地说着：

"越王勾践，卧薪尝胆，报仇雪恨……"

阿四跑出来一看，连忙大声叫："大少爷，快住手啊，你这是在干什么，老爷见了会生气的。"

小锡麟根本不听，他说："阿四，你不懂，我这是在练武。你快躲开点,小心打着你。"

阿四见他不住手,吓得团团转。

小锡麟还在继续练,只听"咣当"一声响,院子里一个漂亮的瓷坛被他打破了,他连忙停下了手。

徐锡麟的父亲徐凤鸣听见外面的声音马上出来了。他往地上一看,顿时火冒三丈,指着锡麟的鼻子说:"你这个不争气的东西,你给我进来!"

小锡麟朝阿四做了个鬼脸,连忙跟着父亲进了正房。

"跪下!"

看到父亲如此生气,小锡麟乖乖地跪下了。

"你现在是越来越不像话了!"徐凤鸣气鼓鼓地说,"你今年已经12岁了,却一点都不懂事。我们对

宋朝人画的《科举考试图》

你费尽了心血，希望你能尊孔读经，习作八股，将来参加科举考试，早登金榜，为官为宦，荣宗耀祖。"徐凤鸣气得说不下去了。

锡麟小声地说："爸爸，我的诗书读得也很好呀。"

"还敢顶嘴！"徐凤鸣一拍桌子，吓得锡麟赶紧不出声了。

徐凤鸣又接着训斥道："你瞧瞧你，书没读完，如今又舞棍弄棒。你可是咱们家的长子呀，你叫我将来怎么能放心地把咱们家的家业，交给你去管理呀！"

徐凤鸣本以为能通过这一番话让锡麟感到悔过。可看他那一副不以为然的样子，徐凤鸣气得直抖。他生气地对家里人说："今晚把他锁在书屋里读书写字，没有我的命令，谁也不许开门！"

可是，小锡麟根本不在乎，他想：锁在书屋里没什么不好。我爱听古代英雄故事，我也爱看书呀，背书写字对我算不了什么，难不倒我的。

徐锡麟天资聪颖，勤奋好学。当时西学东渐，他热心于数学、天文、地理。当家人在天井里纳凉的时候，他一个人却在楼上房间里观察天象，把星星的位置记录下来，根据学到的知识和观察到的星象，做了一个十分精致的浑天仪。这个东西较大，无法从楼梯

上拿下来，他便把两扇窗子拆掉，从窗口吊下来，把它放在客厅里。他还绘制过绍兴府地形图，当时地图是很少见的，尤其绍兴的地图，都是凭他实地观察所得画出来的。

徐锡麟小的时候就是这样任性、顽皮又聪明。

徐锡麟小时候特别崇拜古代的英雄人物像夏禹、诸葛亮、韩信、陆游、葛云飞等等。小锡麟暗下决心：长大后一定要像这些人一样，爱国、救国，让祖国日益强大，不受外国人的侵略，伴随着这一宏伟的志向，他渐渐长大了。

那是六月酷暑的一天，一个体型稍瘦的青年穿着一件棉袄，身上还披着一条厚厚的被子，快步从街上走过。"这人莫非是疯子？"满街的人吃惊地问。"我不是疯子。我告诉大家：现在洋人要霸占大善寺，有种的跟我去，跟洋鬼子评理去！"这青年边走边说，带动了许多路人纷纷跟着去。

大善寺，始建于梁天监三年（504），原址位于现在绍兴市的城市广场，1965年拆除，现仅存大善塔。

大善寺前已黑压压地挤满了人，一个穿"拷皮衫"的地保，带了一帮打手，已把大善寺的当家和尚揪了出来，准备赶走他并拆庙。瘦个子青年冲上前大喝一声："放手，青天大白日，谁敢绑架僧人，你们简直无法无天！""你……你是谁？"见来者气势逼人"拷皮衫"愣了愣，气咻咻地问。"我是东浦的徐锡麟，告诉你们，我在家生了盖三条被子还冷得发抖的疟疾病，但听说洋人想霸占大善寺，我赔上命也要来管管这件事！"

铜镜径7.8厘米、厚0.45厘米、重115克、白铜质地，铸造于明代，可作为大善寺曾经存在的佐证。

"这是官府定的，有本事你们找知县大人去。""这大善寺、大善塔立在这里已有一千多年了，你们这些狗官，有什么权力把它送给洋人？""姓徐的，你、你想造反？""你怕我不敢反？"徐锡麟把披着的棉被一甩，拉过旁边水果摊的一只木箱，登高一站，喊道："谁敢把大善寺送给洋人，我们就和他拼命！""我们不答应！"围观的群众也跟着怒吼起来。"好、好。你们等着瞧！""拷皮衫"一帮人见激怒了大家，只得放了和尚，灰溜溜地走了。

余怒未息的徐锡麟，登上寺前的讲坛，继续演说："父老乡亲兄弟们，腐败的清政府一次又一次地割地赔款，外国洋人涌到我们的土地上来，恨不能一口吞了我们中国，这大善寺是我们绍兴人的宝贝，我们寸土不让，要用自己的生命保卫自己的国家和财产!""走，找县太爷评理去!"人群鼓动起来。

闻风赶来的人群里，不仅有善男信女、市民百姓，还有不少士绅和商铺老板，当徐锡麟提出要向政府抗议时，有人当场起草了一份请愿书，市民纷纷签了名。

联名信送到县衙，后来又送到北京清政府的外务部。清政府看到夺寺引得民情激愤，不敢再公开庇护这件事了。

徐锡麟嫉恶如仇，但碰上邻里纠纷，却不意气用事，善于排难解纷。一次，天生绸庄以及附近的南货店失火，店伙们忙着把各自的货品搬出店外，匆忙间

混放在一起，等到火熄后，又各自搬回店去，南货店两个店员顺手牵羊，把绸庄的东西搬进南货店去，想趁机占便宜。绸庄的人要进他们店去找，南货店老板不答应，并指使店员打人。双方正闹得不可开交时，徐锡麟恰巧路过，挺身而出，说服双方："邻舍隔壁不可伤和气，还是各派代表都到对方去检查一下的好。"双方检查结果，发现南货店确实拿了绸庄的东西。归还后，徐又说："混乱中拿错东西是难免的，打人可是不好的。"

但遇到满清官员和洋人胡作非为鱼肉百姓的事，他就不同了，往往勃然而起，据理力争，显出大无畏

绍兴城市广场

的精神来。

　　徐锡麟18岁那年，由父母做主，他和本县一个大户人家的女儿王贞姑结了婚。王贞姑文静秀丽，是位知书达礼的女子。婚后，夫妻感情很好。贞姑知道徐锡麟是个胸有大志的人，所以她对丈夫的抱负很理解也很支持。

　　有一天，徐锡麟正在书房里看书，贞姑端了一杯茶走了进来：

　　"锡麟，休息一下吧，喝杯热茶。"

　　"好，放那儿吧，我一会儿就喝。"

　　贞姑看徐锡麟还在埋头看书，没有休息的意思，就心疼地说："锡麟，你看你才二十多岁，就戴上了近

视眼镜。反正你已经考上了秀才，还是注意点身体吧。"

徐锡麟听了妻子的话，抬起头来说道："贞姑，其实，我一心苦读并不是为了追求功名利禄，这你是知道的。我只是想充实自己，想将来有机会去报国。不过，你不要担心，我会注意身体的，要不然，还没等报国，就先倒下了，岂不是让我枉费苦心了吗？"

贞姑甜甜地笑了："这还差不多。"

夫妻俩正在这里有说有笑的，突然听到有人敲门。贞姑说："下人们大概都出去了，还是我去开门吧。"

贞姑打开门一看，是锡麟的好朋友，家住绍兴城里的王子余。王子余进门就喊："锡麟，锡麟！"

贞姑忙说："子余，什么事呀，这么急？"

徐锡麟故居

"急？当然急了！哎呀，锡麟，你还有闲心看书呢，咱们已经和日本人打起来了！"

徐锡麟大吃一惊："你说什么，你从哪儿得来的消息？"

"现在城里的人们到处都在议论。"

王子余

王子余（1874—1944）名世裕，浙江绍兴人。早年中过秀才。光绪二十八年（1902），任会稽县学堂督办（校长）。同年十月，在仓桥街开设"万卷书楼"，印刷与销售进步书刊。光绪二十九年（1903）春，与杜亚泉等组织越郡公学，资助徐锡麟等创办明道女校。七月，出刊绍兴第一家铅印报纸《绍兴白话报》，致力于民族民主革命的宣传工作。光绪三十一年（1905）夏，与秋瑾相识。光绪三十二年（1906）春，由蔡元康介绍，加入光复会后又加入中国同盟会。曾参与徐锡麟、秋瑾、陶成章所组织的反清浙皖联合武装起义。

徐锡麟放下手里的书，披上外衣就拉着王子余往外走："快！咱们去城里打听消息去。"说着就急冲冲地出去了。

徐锡麟和王子余到城里一看，果然报纸上已登出中日开战的消息。原来，日本想称霸亚洲，对中国早有野心，于是，借清政府出兵镇压朝鲜"东学党农民起义"之机发起了对中国的侵略战争——甲午战争。

甲午战争爆发后，徐锡麟再也无心过宁静的读书生活了。他几乎每天都跑到绍兴城里去打听消息，了解战况。

随着清军的节节败退，清政府无心抗战，一再求和，最后派直隶总督李鸿章为头等全权大臣前往日本马关，与日本全权代表、总理大臣伊藤博文和外务大臣陆奥宗光议和。1895年4月，清政府与日本签订了

黄海海战

丧权辱国的停战条约——《马关条约》。中日甲午战争的失败和《马关条约》的签订彻底地暴露了清政府的腐败无能，激起所有中国人的爱国热忱。

李鸿章（1823—1901），安徽合肥人，亦称李合肥，本名章桐，字渐甫或子黻，号少荃（泉），晚年自号仪叟，别号省心，谥文忠。

《马关条约》签订后的第二天，徐锡麟与他的一些志同道合的朋友在他家的书斋中商议救国的办法。这些人都是些热血男儿，是愿以身救国的有志青年。

一位叫陈志军的年轻人说："我们偌大的一个中国，竟被只有弹丸之地的日本人所败，真是令人痛心。"

王子余叹了口气："国家现在日益衰败，民不聊生。国家越穷越有人侵略，越有人侵略就越穷，这样恶性循环下去，国家岂不是要灭亡了吗？"

徐锡麟站起身来，一字一句地说道："生在中国的土地上，身为华夏子孙，我们就要为国家分忧除害，这是每个中国人义不容辞的责任！"

屋子里的人马上响应："对，我们一定要为国分忧除害！"大家马上兴奋起来。

一个同学抬高了嗓门："喂，朋友们，决心咱们是有啊，可从哪做起呢？"

大伙一听，都不出声了。是啊，从何做起呢？

徐锡麟想了想又扶了一下眼镜说："我想，要改变目前这种民贫国弱的局面，就必须要发愤图强。我们

19世纪末洋务变革时代的中国社会

挨打，是因为我们落后。如果我们现在兵强国富，就没有人敢欺负我们了。"

"那你是想……"王子余饶有兴趣地问。

"我想只有大力发展科学技术，培养人才，才有可能富国强兵。"

"对，你说得太好了。"陈志军高兴地拍着手说。

徐锡麟接着说道："我想，要马上在全国掀起这样的发展科技，培养人才的活动，恐怕我们做不到。但是，我们可以先在绍兴干起来，然后再从绍兴推及到全国呀！"

一个同学低头沉思了一会说："这主意好倒是好，只怕做起来也不是那么容易的事。"

满清官场

徐锡麟故居

　　还没等他说完，王子余早抢过去了："现在哪有容易的事呀，要是容易的话，国家早强盛起来了。咱们可以慢慢来嘛。"

　　徐锡麟表示赞同："不错，国家富强不是一朝一夕能够实现的。只要咱们有信心，我们的目标总有一天会实现的。"

甲午战争

日本明治维新后，向外"开疆拓土"，陆上西进的目标是朝鲜和中国。1876年日本强迫朝鲜签订第一个不平等条约《江华条约》，由此日本侵略势力进入朝鲜。清朝与朝鲜有宗藩关系，日本极力破坏这种关系，多次制造朝鲜与中国的矛盾和冲突。

1894年春，朝鲜爆发东学党农民起义，朝鲜政府请求中国出兵帮助镇压。日本政府表示对中国出兵"决无他意"。但当清军入朝时，日本以保护使馆和侨民等为名大军入朝，于7月25日突袭中国北洋舰队，挑起中日甲午战争。战争打响后，两国海军进行了黄海大战。陆上战斗军从朝鲜打到奉天（今辽宁），占领大片领土。1895年（光绪二十一年）初又侵占山东威海。清政府无心抗战，一再求和，最后派直隶总督李鸿章等人前往日本马关，与日本议和，签订了丧权辱国的《马关条约》。

——民主斗士徐锡麟

血溅校场　杀身成仁

《马关条约》共 11 款，并附有"另约"和"议订专条"。主要内容有：1. 中国承认朝鲜的独立自主，废绝中

朝宗藩关系。2. 中国割让辽东半岛、台湾及澎湖列岛给日本。3. 赔偿日本军费银二亿两。4. 开放重庆、沙市、苏州和杭州为商埠。5. 日本可以在中国通商口岸开设工厂。《马关条约》是 1860 年中英、中法等《北京条约》以来外国侵略者加给中国的一个最刻毒的不平等条约。

甲午战争之后，日本一跃成为亚洲强国，完全摆脱了半殖民地的地位。而中国的国际地位则一落千丈，财富大量流出，国势颓微。甲午战争的失败，对中国社会的震动之大，前所未有。一向被中国看不起的"倭寇"竟全歼北洋水师，索得巨款，割走国土。清政府的独立财政至此破产，靠向西方大国举债度日。

创办热诚学堂

1902年，29岁的王子余出任绍兴府会稽县学堂督办（校长）。当年10月，他在火珠巷（今光明路）不远的仓桥街开设进步书店"万卷书楼"，印刷和销售进步书刊。

1903年正月，徐锡麟在府横街轩亭口开设了特别书店，之后徐锡麟与王子余往来密切。就在这一年，王子余与反清人士等组织越郡公学于能仁寺，创办了绍兴第一张铅印报纸《绍兴白话报》。《绍兴白话报》宗旨为"唤起民众爱国，开通地方风气"，"致力于为宣传革命而推广白话文"。《绍兴白话报》篇幅虽有限，每期不过四五千字，但内容简明扼要，丰富多彩，除

轩亭口

血溅校场 杀身成仁
——民主斗士徐锡麟

了绍兴近事外，国际、国内大事也屡有摘载，且对绍兴时局较多评论，此外还有附页刊登广告。

绍兴古越藏书楼

《绍兴白话报》开始为旬刊，后为五日刊。他特地从上海采办了铅字印刷机器，在城内创办了绍兴第一家印刷厂，名为"绍兴印刷局"。

《绍兴白话报》每期先出8页，后改出6页，逢五出刊，约32期。它的"公售处"不仅及于绍兴府山阴、会稽二县城乡，而且连府属各县如诸暨、嵊县、余姚、萧山，甚至宁波、杭州、上海、福州、北京等各地设有发行所，以后销售大增，改出五日刊。

时光荏苒，岁月如梭。

1903年8月的一天，徐锡麟的东浦老家热闹非凡。原来，徐锡麟去日本考察了几个月，今天刚刚回来，亲朋好友们都来为他接风洗尘。晚宴结束后，徐锡麟和他的几个好朋友又聚到了他的书斋。大伙都嚷着要徐锡麟谈谈在日本的见闻和体会。

徐锡麟喝了一口茶，说道："要说见闻，那真是三

徐锡麟（中坐者）1913年在日本横滨与平贺深造一家合影。

天三夜也说不完，不过，在日本的这几个月里，我体会最深的就是，我们的国家太落后了。我刚到日本时，正好日本在举行国际博览会。其他国家展出的都是各式机器和新颖的工业产品，而我国展出的却是丝绸、茶叶等土特产。相比之下，我们太贫穷了。"

听了徐锡麟的话，大伙的兴奋劲儿全没了。

"更可恨地是，日本人竟公开侮辱中国人民，他们在博览会的人类馆中，竟制作了中国小脚女人吸鸦片的模型，与一些深山老林里的野蛮人并列展出。"

听完徐锡麟的话，大伙都愤怒地握紧了拳头。陈志军霍地站了起来：

"这些日本鬼子，要是我在场，一定跟他们拼了！"

徐锡麟点了点头："对，每个中国人都是有血性的，当时在日本的中国留学生提出了强烈抗议，并且要砸碎展览馆的玻璃橱，日本人才把这些模型撤掉了。

大伙一听，都松了一口气。

徐锡麟又接着说："在日本的时候，我还去参观了东京博物馆。你们猜我在那里看见了什么东西？"

看见大家好奇的表情，徐锡麟感慨万千地说："我在那里居然看见两座我国的古钟。我们珍贵的历史文物，被鬼子抢夺去了，竟然在东京博物馆展览。这真是中华民族的奇耻大辱！"徐锡麟有些哽咽了，他拿出一张纸，递给陈志军："这是我从博物馆回去后写的一首诗。"

陈志军连忙接过来，轻声念道：

瞥眼顿心惊，分明故物存；

摩沙应有泪，寂寞竟无声。

在昔醒尘梦，如今听品评；

偶然一扣试，隐作不平鸣。

陈志军读完时，眼里也已是泪光莹莹。

徐锡麟果断地说："我在日本不想多停留，只想着早点回来，做点事情。恨只恨满清政府腐败无能，令我们这些热血男儿报国无门。"

大伙一听，连忙说："锡麟兄，你一向见多识广，做事沉稳，你就想法子领我们干吧，我们听您的。"

徐锡麟想了想，说道："我想，国家之所以久衰不兴，是由于当朝官宦僵化顽固，不思变革，只有培养新式人才，发展科技、学习西方，才有可能实现振兴国家的宏愿。所以我们就从创办新式学堂做起。"

陈志军一听就直摇头："锡麟，你忘了，甲午战争以后，我们就筹备在东浦办学，可是县里一直不准呀。"

"不错，困难是不少。不过咱们不是也开设了特

位于绍兴东浦镇孙家娄的徐锡麟故居

血溅校场　杀身成仁
——民主斗士徐锡麟

别书店。而且在子余的资助下在绍兴城里我还建立了浙江第一所女子师范学堂——绍兴明道女校嘛！"

绍兴古城

"但那是在绍兴城呀，东浦是归县里管，他们要是不准也办不成呀。"

徐锡麟胸有成竹地说道："没有关系的。现在由于受改良浪潮压力，朝廷不是也提倡"新政"，各地大力办学吗？尽管是假相，可……，再说，我从几年前担任绍兴府学堂副校长以来，也还多少有些权力。这回咱们就选在东浦的斗坛创办一个新式学堂，一定能成功的。

看到大家似乎还有些担心，徐锡麟就对他们耳语了一番。听完后，大伙都笑了。徐锡麟说："明天就开始干吧。"

第二天，徐锡麟等人打着"遵旨办学"的旗号前往东浦镇吕祖殿斗坛。劝说斗坛的当家人献出一半坛产，兴办学堂。斗坛原是封建文人供奉"魁星"的场所，于是地方豪绅极力维护，百般阻挠，根本不同意把它改为学堂。斗坛司事金某，还向他们挥拳相向。

徐锡麟他们早已料到斗坛的当家人会拒绝，所以就按事先商定的办法，由陈志军闯入斗坛，捣毁了里面的塑像，使事态扩大。结果，当地的地主豪绅便以"捣乱斗坛"的罪名，向县衙控告陈志军。县衙本来就是旧秩序的维护者，他们很快派人拘捕了陈志军。

当衙役带着陈志军从徐锡麟身边走过时，徐锡麟悄悄对他说："志军，你暂时委屈一下，回头我就会救你出来的。"

陈志军不在乎地说道："只要咱们的计划能成功，吃点苦头算不得什么。"

绍兴东浦镇街景

衙役把陈志军刚一带走，徐锡麟就立刻前往绍兴府叩见知府熊起蟠。见面后徐锡麟对熊起蟠说：

"熊大人，我看我还是开门见山吧。目前朝

——民主斗士徐锡麟

血溅校场　杀身成仁

热诚学堂旧址现为东浦热诚小学

廷下诏施行新政，要各地开办学堂，北京、上海近来都办了不少学堂，我们绍兴也刻不容缓。"

熊起蟠不知其意，点了点头："不错，朝廷的确下诏实施新政。你的意思是……?"

"学生打算在东浦办个学堂，不知可否?"

熊起蟠连连点头："你要办学，当然可以。"

徐锡麟一听熊起蟠这样回答，心中暗自高兴："办学需要校舍经费，可否将东浦斗坛坛产划出一半，作办学之用?"

因为办学是朝廷圣旨，熊起蟠哪敢反对，只好表面同意。

没想到徐锡麟马上从怀里取出早已写好的办学禀

帖呈上来："既然知府大人赞同，就请大人及时审批，以便学生尽早着手筹建。"

熊起蟠没料到徐锡麟会来这一手，但他已亲口表示同意了，所以只好在帖子上加盖了知府大印。

徐锡麟看事情基本办妥了，就连声称赞："知府大人真是热心办学，功及后世。有熊大人这样的清官，绍兴府一定会经济繁荣，百姓安康的。只是……"徐锡麟故意装作不敢讲的样子。

知府大人正洋洋得意地听着徐锡麟对他的赞誉。一听这话，他马上直起身来问："只是什么？"

"只是山阴县县令却不像知府大人这样开明有远见。我的同伴陈志军因为要办学，竟被县衙拘捕。我想他们一定是背着大人做的。大人，他们这样拘捕办学者恐怕有违谕旨吧？大人您事先知道吗？"

熊起蟠一听，连忙推说："不知道，不知道。"他没想到徐锡麟会将他一军，但事已至此，他只好喊道："来人，速命山阴县衙释放陈志军。"

于是，徐锡麟亲自到了山阴县，同陈志军一起大模大样地走出了县衙。经过这一番斗争，解决了校舍和经费问题，办学的第一步实现了。

1904年2月，徐锡麟在东浦创办的新式学堂正式开学。当时徐锡麟为学堂写了一副对联，上联是"有热心人可与共学",下联是:"具诚意者得入斯堂"。于是,学堂便以对联中的两个字被命名为"热诚学堂"。这个校名表明学校的宗旨是要培养有救国热心和革命诚意的人才。

学校设施革新,提倡男女平等,男女同校。徐锡麟爱护学生,对清寒子弟他出资负担医药费,夏季还买给草席用,逐渐地学生由数十人增加到一百余人。热诚学堂开设的课程除国文之外,还有数学、体操、英语、天文、修身等课程。徐锡麟从小勤奋好学,常在暗淡的光线下看书,并在深夜观星,渐渐地,眼睛便近视了。为了使学生不像自己这样,他经常教导学生注意保护视力。他在绍兴府中学堂从事教育工作时,发现有些学生写字姿势不当,天长日久,损害了视力。于是,他便用毛笔工工整整地抄录了唐朝大诗人白居易写的《眼睛》诗,贴在教室里,使大家天天看到,引以为戒。体操课是以军事体操为主,由徐锡麟、陈志军亲自担任教习,在他们的督导下,学生们认真进行军事训练。从此,偏僻的东浦小镇每天都可以听到嘹亮的军乐声和整齐的步伐声。

在此期间,他十分重视对学生道德品质的教育,而且很讲究方法。

有一次,有位衣冠华丽的学生偷了同学的一些东西。徐锡麟知道后，把这个学生叫到了自己的办公室，平静地问："你知道我为什么叫你来吗？"学生满不在乎地答道："我不知道。"徐锡麟盯着他，说："现在我要告诉你一个好消息：我已抓到了一个小偷。"话音刚落，学生的脸色顿时变了，但还是故作镇静地问："小偷在哪里？"徐锡麟递给他一面镜子，并且严肃地说："你看，小偷就在镜子里，你仔细照照吧，先照照外貌，再照照灵魂。"这个学生接过镜子，不敢看一眼，羞愧万分地低下了头。

徐锡麟语重心长地说："一个人固然需要讲究外表，但是更应具备纯洁的灵魂。只有灵魂纯洁，才能达到学问渊博。"

几句话说得这个学生流下了悔恨的泪水。

热诚学堂的办学方针和课程设置，当时得到了进步人士的极大支持，社会影响也迅速扩大。一些邻县

热诚学堂

的有志青年也纷纷到学堂来求学。徐锡麟也充分利用课堂和各种机会宣传进步思想，在他的教育和影响下，学生们的爱国热情和革命觉悟迅速提高。热诚学堂也成了当时绍兴一带爱国志士的重要聚集地。

弃笔从戎

革命道路不会是一帆风顺的。由于徐锡麟从日本回来后，一直宣传进步思想，引起了绍兴一些顽固守旧分子的恐慌。他们和绍兴官府勾结起来，对徐锡麟进行诬陷和攻击，并解除了他绍兴府学堂副校长的职务，还关闭了"特别书店"。但"热诚学堂"却由于众多百姓的维护而侥幸保持下来。对于官府的所作所为，徐锡麟等人义愤填膺。

王子余气呼呼地对徐锡麟说："锡麟兄，官府如今不但不支持革新，反而为虎作伥，同顽固腐朽分子一起排斥我们。像这样豺狼当道，绍兴何时才能有出头之日啊！"

徐锡麟叹了一口气："是呀，通过在日本和回国后的经历，我现在体会到了，造成国家日益衰败，受人欺凌的根源，正是清政府的腐朽统治。"

王子余恨恨地说："这些可恶的满清坏蛋，我真恨

蔡元培

不得把他们杀个精光。"

徐锡麟拍了拍王子余的肩膀："子余，你先不要激动。看来，革命是不能只在一个地方孤立进行的，必须要联合其他各地的进步势力，组成革命团体才行。"

王子余赞同地点了点头："那你有什么打算吗？"

"有。我想最近去趟上海，那里现在是国内革命运动的中心。我到那看看能否联络一些人，同时也了解一下全国革命动向。"

王子余又问："你在上海有熟人吗？人生地不熟的，多难呀！"

徐锡麟一听笑了："怎么，你这么健忘？元培兄不是在那吗？"

王子余恍然大悟："对呀！你到他那里不就行了吗！"

徐锡麟和王子余所说的元培，就是著名的革命家和教育家蔡元培先生。

蔡元培也是浙江绍兴人，曾考中清末的进士。甲

血溅校场　杀身成仁

——民主斗士徐锡麟

蔡 元 培

蔡元培（1868—1940），字鹤卿，又字仲申、民友、孑民，曾化名蔡振、周子余，浙江绍兴人。革命家、教育家、政治家。中华民国首任教育总长，1916—1927年任北京大学校长，革新北大，开"学术"与"自由"之风；1920—1930年，蔡元培同时兼任中法大学校长。

蔡元培是20世纪初中国资本主义教育制度的创立者。他明确提出废止忠君、尊孔、尚公、尚武、尚实的封建教育宗旨。倡导以军国民教育、实利主义教育为急务，以道德教育为中心，以世界观教育为终极目的，以美育为桥梁的资产阶级民主主义的教育方针，初步建立了资产阶级的新教育体制。

蔡元培任北京大学校长时，提出大学的性质在于研究高深学问。他提倡学术自由，科学民主。他的这些主张和措施，在北京大学推行之后，影响全国，以至有人称他为自由主义教育家。

午战争以后，蔡元培主张以教育救国，他先后成立了爱国学社、爱国女学校等宣传民主革命思想。他曾多次回家乡绍兴活动，大声疾呼要发展绍兴教育，培养有用人才。徐锡麟对蔡元培在绍兴的活动给予了大力支持。因为他们两个志同道合，所以很快结为好友。蔡元培几年来一直在上海开设学堂，办报刊，举行演讲会，宣传反清革命，是上海一带知名的进步人士。所以徐锡麟此次要去上海，就是打算到他那里了解一下全国的动向。

1905年1月，徐锡麟到达上海后，立即前往爱国女学校中国教育会探望蔡元培。蔡元培一见是徐锡麟，非常高兴：

"锡麟，你来得正好。我有事要对你说。"

"哦，是什么事？"

"你先别忙，来，我先介绍个朋友给你认识。"说着蔡元培将徐锡麟让进了客厅。

果然，客厅里面坐着一个年轻人。徐锡麟一看就笑了，没等蔡元培介绍，就走上前去，紧紧握住年轻人的手："陶成章，是你呀，真是太好了！你什么时候回来的？"

陶成章也高兴极了："我刚回来不久，锡麟，你一向可好？"

蔡元培见他们俩儿居然认识，有点莫名其妙。还是徐锡麟告诉了他。原来，陶成章也是绍兴人，在日本留学时认识了去日本考察的同乡徐锡麟，而且二人很快成了好友。

陶成章

蔡元培一听，更高兴了："这可真是好极了。我们的队伍越来越大了。"

徐锡麟与陶成章寒暄了一阵，就问蔡元培："元培兄，你刚才说有要事相商，是什么事呀？"

蔡元培连忙去关好了门，重新回到座位后，压低了声音对徐锡麟说："是这么回事。经过几年的活动，我们认为要想彻底改变目前国家的落后状况，仅靠办学，培育人才是不够的，清兵入关后，曾对江南地区官僚地主的反抗和具有反清意识的文人士子进行残酷打击，在浙江一手制造了骇人听闻的吕留良开棺戮尸、捕杀曾静等事件，企图以此压制汉族反抗。许多人誓死要为浙江父老报仇雪耻。所以，我们必须要组织建立革命团体，推翻满清政府才是。"

"英雄所见略同，我也有这种体会。"徐锡麟赞同

陶 成 章

陶成章（1878—1912），汉族，字焕卿，号陶耳山人。曾用名汉思、起东、志革、巽言，绍兴会稽陶堰西上塘人。他是清末著名的旧民主主义革命的倡导者、革命家，是光复会创立者及领袖之一，著有《中国民族权力消长史》和《浙案记略》等书，他的活动对辛亥革命的成功有着很大的贡献。

陶成章少有志向，以排满反清为己任，曾两次赴京刺杀慈禧太后未果，后只身东渡日本学习陆军。翌年回国后，积极参与革命活动，奔走于浙、闽、皖各地联络革命志士，"每日步行一百一十里，不辞劳苦"。杭州离他家仅一水之隔，他却"四至杭州而不归"。

民国创立后，他力辞接任浙督，积极准备北伐，设北伐筹饷局、光复军司令部，任总司令。1912年，陶成章被暗杀于上海广慈医院，年仅35岁。

地说。

蔡元培接着说："我们在去年年底秘密成立了一个革命团体——光复会。"

"光—复—会。"徐锡麟一字一句地重复道。

"我们光复会的纲领是：光复汉族，还我山河，以身许国，功成身退。"

徐锡麟默默地重复了一遍，猛地抬起头，兴奋地说："太好了，这十六个字恰好表达了我们爱国人士对满清政府的痛恨，以及对祖国山河的热爱。如今，满清政府不推翻，中华民族就不会振兴。"

蔡元培点了点头，"看来你也已经从一个有改良主义思想的爱国者，转变成为一个有明确斗争目标的民主革命斗士了。锡麟，不瞒你说，我说有事要与你商

光復會
誓言
光復漢族
還我山河
以身許國
功成身退
陳魏

光复誓言
光复汉族
还我山河
以身许国
功成身退
陈魏书

▲ 光复会誓词

光复会领导人及在日本的部分
会员。前排左起：陶成章、陈魏、徐
锡麟；后排左起：巩宝铨、陈志军。
陶成章(1878—1912)，浙江绍兴人。
1904年与蔡元培等组织光复会，策
划起义，未成。1906年加入同盟会。
1911年武昌起义后，发动上海、浙
江等地起义。1912年1月被暗杀。▶

量，就是要请你加入光复会组织"，看到徐锡麟有些惊
讶，蔡元培又接着说："现在，成章已在日本发展了许
多会员，上海也有了许多人的支持。我虽身为会长，
但终究只是个文人，不善于指挥别人。我知道你一向
博学多才，有深谋远虑，做事机警，所以特邀请你与
我共同领导国内的光复会团体，并在浙江发展会员，
不知你意下如何？"

徐锡麟连忙站起身来："元培兄如此夸奖，锡麟实
不敢当。不过，国家兴亡，匹夫有责。我多年来四处
奔波，就是为了实现救国大志，既然光复会是要光复
中华，我非常愿意加入。"

蔡元培和陶成章都高兴地鼓掌表示欢迎。

接着，他们向徐锡麟介绍了光复会的组织经过及
在各地的联络情况，并与徐锡麟商议于今后的活动目

血溅校场　杀身成仁

——民主斗士徐锡麟

标。

最后，蔡元培说："光复会的一切活动都是秘密进行的。今后咱们的联系也要秘密进行。锡麟，为了安全起见，你最好起个别名。"

徐锡麟想了想，说道："那我就叫'光汉子'吧。"

就这样，徐锡麟以"光汉子"的名字开始了投身革命的活动。

徐锡麟在日本时的照片

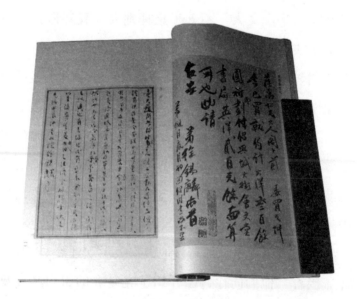

徐锡麟手迹

光 复 会

光复会是清末著名的革命团体，又名复古会。光绪二十九年（1903）由王嘉伟、蒋尊簋、陶成章、魏兰、龚宝铨等人在东京酝酿协商成立事宜。次年初又经陶、魏回上海与蔡元培商议，至同年11月，以龚宝铨组织的军国民教育会暗杀团为基础，在上海正式成立了光复会。蔡元培任会长（陶成章任副会长）。总部设在上海新闸路仁和里，后迁三马路保安里。该会的政治纲领即入会誓词为"光复汉族，还我山河，以身许国，功成身退"，主张除文字宣传外，以暗杀和暴动为主要革命手段。光复会积极联络会党、策动新军，主要活动范围在上海、浙江、江苏、安徽等地。

该会的会员最初为四五十人。1905年初，徐锡麟加入，其后他与陶成章、秋瑾等通过创办的大通学堂，发展会党成员，使会员增至六七百人，成员大多是知识分子、商人、工匠，

—— 血溅校场 杀身成仁

—— 民主斗士徐锡麟

拓展阅读 TUOZHAN YUEDU

亦有少数地主士绅。主要骨干除前述诸人外，还有章太炎、秋瑾、张恭、徐顺达、赵声、柳亚子、陈去病、熊成基等人。该会在东京设有分部，而以绍兴作为本部的活动中心，1905年后，不少会员加入中国同盟会，部分会员仍然独立或以光复会名义活动。1907年，会员徐锡麟发动安庆起义，失败牺牲。同年秋，秋瑾在绍兴大通学堂谋响应安庆起义，被捕就义。次年，会员熊成基在安庆发动岳王会起义失败。

宣统二年（1910），陶成章在日本重建光复会。

创办大通学堂

　　加入光复会后，徐锡麟立刻开展壮大革命队伍的工作。一想到要发展成员，推翻满清政府，他就觉得精神振奋，浑身有使不完的劲儿。

　　1905年2月，徐锡麟领着几名学生，历时2个月，游遍了绍兴附近的县镇，联络了许多民间秘密组织，发展了大批光复会会员。

　　不久，陶成章与徐锡麟在绍兴会面。徐锡麟深有感触地说："这次收获真是不小，这些民间秘密组织大都反对清政府的腐朽统治，所以，只要晓之以理，他们都十分支持我们的光复会，而且许多组织的领袖都

大通学堂

——民主斗士徐锡麟

血溅校场　杀身成仁

带头加入。"

陶成章高兴地说："这与你的努力是分不开的，你一定吃了不少苦吧。"

徐锡麟不在乎地一摆手："吃点苦算不得什么，只是，我认为这些民间团体的成员大都没有知识，比较粗鲁。要想让他们发挥作用，还必须对他们进行教育和训练。"

"用什么办法教育和训练呢？"

徐锡麟说："我想创办一所学堂来训练民间团体的骨干，积蓄革命力量，等待时机，采取行动。"

陶成章大力赞成："这个想法很好，我一定支持你。那么，你打算创办什么形式的学堂呢？"

徐锡麟说："我想在绍兴创办大通武备学堂，专门对学生进行军事训练。"

陶成章考虑了一下说："朝廷有规定，不得私设武备学堂。为了避免同朝廷规定相抵触，不妨将武备学堂改名为师范学堂。上面的事由我找的人通融，你只管筹备好了。"

创办学校首先面临办学经费困难的问题，蔡元培的弟弟向徐锡麟建议，用抢劫钱庄的办法，来筹集办学经费。徐锡麟表示赞同，并立即行动起来，他向光复会会员、绍兴富商借银5000元，以绍兴府学堂学生进行体操演习为名，请绍兴知府熊起蟠批准，从上海购得后膛九响枪50支，子弹20000发。徐锡麟又嘱竺

大通学堂

——民主斗士徐锡麟

血溅校场 杀身成仁

大通学堂

绍康回嵊县，挑选二十多名身强力壮的会党青年来绍兴，每人发给20元费用，由徐锡麟亲自督率，在东湖进行训练，准备一旦时机成熟，就实施抢劫计划。

陶成章竭力反对这样做，认为不能因非正当途径的筹款而损害全局。因为一旦计划实施，必然引起社会上的巨大反响，从而不但暴露了自己，而且还会给光复会抹黑，最终得不偿失。

除了办学经费上的困难外，选定大通学堂的校址也颇费周折。绍兴城西东浦附近大通桥旁的普济寺，交通便利，房屋宽敞，还有一大片空地，是一个理想的办学场所。徐锡麟征得了方丈的同意，借用寺院的空屋作为办学之用，准备创办大通武备学堂，训练会党成员。徐锡麟的父亲徐凤鸣闻讯后，立即出面予以制止。

光复会的办学计划由于遭到徐锡麟父亲的阻挠，眼看即将流产。此事很快为城内豫仓董事候补知县徐贻孙所得知，他想从提倡学务中获得好评，便主动找到徐锡麟，表示愿借豫仓的空屋作为办学之用。于是，陶成章、徐锡麟等人向徐贻孙商借豫仓空屋数间作为办学场所。

陶成章还亲自赴省城杭州，向浙江学务处递交办学申请。

这样，在陶成章、陈志军等人的协助下，1905年9月22日，大通师范学堂正式开学。为了使学校的活动减少阻力，徐锡麟决定以后凡是开学和学生毕业时，

大通学堂

血溅校场　杀身成仁

——民主斗士徐锡麟

大通学堂

都要请城里的官吏和有名望的绅士来参加开学典礼和毕业典礼，并与学生合影留念。同时设宴招待这些"贵宾"。徐锡麟这一招还真好使。这些贪官污吏们由于得到了好处，所以不敢对学堂进行诬蔑和攻击。

大通师范学堂实际上就是"武备学堂"，是一所培植革命力量的军事学校。学校大厅悬一联云："十年教训，君于成军，溯数千年祖雨宗风，再造英雄于越地"；下联云："九世复仇，春秋之义，愿尔多士修鳞养爪，毋忘寇盗满中原"。大通师范学堂只设体操专修科，分特别、普通两班。特别班全部都是会党成员；普通班一部分是会党成员，一部分是进步青年，两班所授课程主要是兵式体操和器械体操。此外，也酌情兼授国语、英语、日语、教育学、伦理、算术、地理、生物、图画等课程。学校的教学设备主要是军事演习用的枪支弹药，并配有天桥、榴木、平台、铁杆、木马、秋千、铁环等体育操练器械。

大通学堂的学生过着军事化的生活，其学风严肃认真。无论是起床和熄灯，还是上课和下课，均用号角；学生仿正式陆军编制，每天三操。兵式体操，均是在郊外大校场进行严格的军事训练。操练时均身着操衣，排队出入。若遇上大雨，则在饭厅内操练，或在走廊四周跑步。每项训练活动均要重复多遍，直到学生学会学好为止，有时还进行真枪实弹的军事演习。

徐锡麟要求学生从实战出发，严格操练，他自己

绍兴大通学堂

徐锡麟带领学生在大通学堂的操场上做操

更是以身作则，时刻作出表率。

一天，徐锡麟正在同一些教师研究工作，外面的学生正在操场上军事体操课。突然，天下大雨，教师和学生们都跑进课堂避雨。徐锡麟看见后，心想：一场雨就把他们吓回去了，这样的学生将来怎么能吃苦，又怎么能实现复兴中华的大业，一定要让他们改掉这种不良习惯。想到这儿，徐锡麟就来到学生和老师避雨的地方，问道："你们今天不是有军事体操课吗，怎么都待在教室里？"

一个学生说："外面下雨了，进来避避雨。"

徐锡麟严肃地说："下雨就不上课了。那将来上战场，只要天下雨，仗就可以不打了吗？外国人看到下雨就不来侵略了吗?"

学生们都默不作声了。

徐锡麟看了他们一眼,说道,"继续上课。"他边说边带头跑上操场。

在徐锡麟的影响下,教师和学生们也回到操场,冒雨上完了这堂体操课。

大通师范学堂的学生入学前拟定规约:"凡本学堂卒业者,即受本学校办事人之截止;本学校学生,成为光复会会友"。六个月毕业时,形式上由绍兴府和山阴、会稽两县发给毕业证书,实际上学生在毕业时,都已成为光复会会员并受光复会的领导了。大通师范学堂在徐锡麟的领导下成为光复会的重要据点和发展组织的基地。这极大地推动了浙江省革命运动的发展。

大通学堂内的徐社

大通学堂

大通学堂位于绍兴胜利西路563号。大通学堂全称大通师范学堂，1905年9月由民主主义革命家徐锡麟、陶成章创办，是为培养军事干部、推翻满清统治而创办。它是光复会革命团体的重要活动中心，也是中国近代史上最早的体育专科学校，1963年被公布为浙江省重点文保单位。

大通学堂是一处坐南朝北、青瓦黑墙的平房建筑，原是绍兴府的储备粮仓，所以面积比较大，平面呈中、东、西三条轴线布局，中轴线有建筑三进，东、西轴线各四进。

中轴第一进门斗，正上方悬挂的这幅"大通学堂"匾额是当代书法家赵朴初所题。两侧抱对由陶成章族叔陶竣宣撰句："吾越有三仁焉，杀身成名，求仁得仁又何怨；人生同一死耳，泰山独重，虽死不死乃自由"。道出了光复会三位绍兴籍领袖徐锡麟、秋瑾、陶成章视死

大通学堂对联

如归的革命精神。

第二进礼堂，曾是大通学堂举行开学、毕业典礼的场所，也正是秋瑾、徐锡麟对学生进行爱国主义演讲的地方，现被辟为大通学堂陈列的序厅，序厅中间的抱对原题于杭州武备学堂礼堂，这幅工整的对联通过典故，隐喻了中国内忧外患的现状，以激励爱国志士奋起革命。序厅正中由秋、徐、陶三烈士组成的群像背景画，两边墙面上分别是光复会大事记和光复会活动史迹网图。

第三进平房五间，辛亥革命后为纪念革命志士徐锡麟被辟为徐社。门口悬挂"徐社"匾额，是孙中山先生的秘书田桓所题。

血溅校场　杀身成仁

——民主斗士徐锡麟

结 识 秋 瑾

秋瑾

徐锡麟在投身革命后的这一年的革命实践中，从参加光复会到走访各地发展会员，一直到创办大通师范学堂，充分显露了他的革命才干和顽强的战斗精神，在同志中享有很高威望。尤其是蔡元培出国留学后，他实际上成了光复会在国内的领袖，一些爱国人士有关革命的事都到绍兴与他联系。秋瑾就是其中一位。

秋瑾也是浙江绍兴人。秋瑾原名秋闺瑾，字璿卿，号竞雄，自称鉴湖女侠。秋瑾少年时热情而倔强，最钦佩历史上的"巾帼英雄"。秋瑾蔑视封建礼法，提倡男女平等，常以花木兰、秦良玉自喻。性豪侠，习文练武，喜男装。清光绪二十年（1894），其父秋信候任湘乡县督销总办时，将秋瑾许配给湘潭富绅子王廷钧为妻。光绪二十二年（1896），秋与王结婚。王廷钧在湘潭开设"义源当铺"，秋瑾大部分时间住在湘潭，也经常回到婆家。这一年秋天，秋瑾回到神冲后，当着

秋瑾着男装照

许多道喜的亲友朗诵自作的《杞人忧》："幽燕烽火几时收，闻道中洋战未休；膝室空怀忧国恨，谁将巾帼易兜鍪"，以表忧民忧国之心，受到当地人们的敬重。

光绪二十六年（1900），王廷钧纳资为户部主事，秋瑾随夫赴京。不久，因为八国联军入京之战乱，又回到家乡荷叶。第二年在这里生下第二个孩子。光绪二十九年（1903），王廷钧再次去京复职，秋瑾携女儿一同前往。义和团运动失败以后，本已满目疮痍的神州大地，更是危象丛生。秋瑾救国情切，她不愿"与世浮沉，碌碌而终"，热望把裹在头上的妇女头巾换成战士的盔甲，像花木兰那样，效命疆场；她曾感慨地说："人生处世，当匡济艰难，以吐抱负，宁能米盐琐屑终身其身乎？"

　　1904年4月，她毅然冲破了封建家庭的束缚。为了寻求救国真理，抛儿弃女只身到日本留学。

　　秋瑾抵达日本时，正逢日本明治维新以后。当时的日本一切欣欣向荣，资本主义飞速发展，西方的民主、自由、人权思想广为传播。这使得来自封闭的专

制独裁的中国的留学生们无比激动和兴奋。初来乍到，秋瑾首先进入日语讲习所补习日语，第二年又转入"清国女子速成师范专修科"。秋瑾在努力学习的同时，又积极地参加当地留学生组织的各种社团活动，广泛结交革命志士。

1904年6月，由陶成章介绍，秋瑾加入了光复会。通过参加以上各革命社团的实际行动，秋瑾显示了自己为革命愿意献出一切（包括生命在内）的决心。

在日常生活中，秋瑾为人仗义、助人为乐。1905年春天，秋瑾遇到一个名叫蔡竞的女子，被在日本经商的华侨丈夫抛弃，在日本又举目无亲，连生存都成了问题。秋瑾就向她伸出援手，不仅设法为她解决了衣、食、住三大问题，还在自己回国省亲时把她带回

秋瑾故居

绍兴，送她进手工学校学习，并请哥哥秋誉章代为照顾，待她一年后在手工学校毕业，就帮她找个好人家，这才可以放心。还有一个女孩子，随父亲去了日本，父亲突然患病死去，女孩面临绝境，也是秋瑾向她伸出援手，帮她解决了生活问题。

秋瑾烈士纪念碑

秋瑾始终积极参加中国留学生的各种爱国和革命活动。1905年，秋瑾准备回家探亲，她特地到陶成章

秋瑾故居

陶成章塑像

那里了解浙江革命运动的情况，并希望陶成章介绍国内一些可以信赖的人士，以便取得联系。

陶成章向她介绍了徐锡麟，并给她讲述了许多徐锡麟的事迹。秋瑾听后，心中产生了对徐锡麟的敬仰之心，她暗自决心回国后一定去拜见这位民主斗士。

1905年5月底的一天，徐锡麟正在热诚学堂主持校务会。会议结束后，徐锡麟正准备离开教室，一个学生走过来说："徐校长，外面有位女侠客要见你。"

徐锡麟愣住了："女侠？我哪认识什么女侠啊？我去看看是怎么回事。"

徐锡麟出来一看，果然，门外站着一位黑衣黑裤黑皮鞋的女侠。徐锡麟暗自说道："好一身潇洒的男式打扮，不过一看那秀美的面庞就知是个女子。"边想她边开口问道："请问你是……？"

还没等他问完，黑衣女侠爽朗地回答："我叫秋瑾，常听陶成章提起你，现特来拜见。"

血溅校场 杀身成仁

——民主斗士徐锡麟

徐锡麟一听是秋瑾，忙热情地表示欢迎："原来是秋瑾女士，成章兄多次赞扬你，真是一见，果然名不虚传，言谈举止都有几分巾帼英雄的豪气。快请、快请。"

秋瑾豪爽地摆摆手："锡麟兄不必客气。我久仰您的大名，钦佩你办学堂，设书店的勇气和壮举，今日特来拜访，是向锡麟兄学习来的。"

两位革命者谈了一会，徐锡麟就领着秋瑾参观了热诚学堂。看见学堂到处是生机勃勃的景象，军乐声和操练声不时传来，充满着革命朝气。在农村小镇里竟有如此的新式学堂，这使秋瑾十分惊讶，从而也使她进一步增加了对徐锡麟的钦佩之情。徐锡麟也深深

秋瑾、陶成章、徐锡麟塑像

为秋瑾革命的决心和大无畏的斗争决心所感动。徐锡麟和秋瑾都有推翻满清的革命目标，双方因此有着许多共同的语言，此次见面二人大有相见恨晚的感觉，从此他们结成了生死与共的亲密革命战友。

　　大通师范学堂成立后不久，清政府在国内外局势的影响下，为了维护它的腐朽统治，开始大规模按西方国家的方式训练新军，采用新的军事技术和武器装备来武装军队。徐锡麟看到这种情况后十分着急。他对陶成章等人说："看来，要想革命成功，尽快推翻清政府，就得要掌握军权才行。"

　　陶成章非常赞同："我看，咱们先花钱捐官，然后到日本学习陆军，回来后就可以插入军队，掌握军权，

发动革命。"所谓捐官，说白了就是花钱买个官做。于是，徐锡麟向光复会员、绍兴富商许仲卿借钱捐了个"道台"，填步兵科；陶成章捐了个"知府"，填步兵科；陈志军捐了个"知府"，填炮兵科。当年冬天，徐锡麟与陶等四人乘船去日本，同行的另有徐锡麟的弟弟徐锡麒与马宗汉等二十人。

　　徐锡麟等人到达东京之后，即前往清朝驻日本使馆报到，满怀信心地等待进入日本陆军学校学习。没料到，事情一开始便遇到清朝官吏的阻难。当时要进日本政府为中国人学习陆军所设的预备学校振武学校，必须经清朝驻日本公使与陆军留学生监督批准。然而，当徐锡麟等人报到时，这两人就起了疑心，认为徐锡

陶成章故居

麟的一举一动都不像学生，便说："根据规定，不是官费生是不能进振武学校的，你是自费生，可以进其他学校。"于是徐锡麟又马上向俞廉三发电报，请其向浙江巡抚说情，准其改作官费生。与此同时，徐锡麟通过日本友人介绍，结识了日本陆军省武学校校长，希望通过关系能进入日本联队或振武学校学习。

　　不久，日本公使收到浙江巡抚的电报，说徐锡麟等人已改为官费生，请其按例保送学习陆军。可陆军留学生监督却借故留难，声称要等奉天学生来后再一起保送。奉天的学生到来后，徐锡麟等人随同一起去检查身体，陆军留学生监督又暗中嘱咐日本学校当局

以其身体不合格而拒绝接收。

空忙了二三个月，学习陆军的道路依然不通，无奈之下，徐锡麟决定暂且改学警察，以待时机。可这一计划却遭到陶成章反对。陶成章认为，要推翻清朝，非要直接统帅军队不可，否则，组织团体，实行暗杀，扰乱北京，亦不失为一种有效的方法。不久，陶成章因脚疾住进医院，徐锡麟则回国再访俞廉三另谋出路。

徐锡麟到达武昌，向俞廉三讲述了他去日本学陆军的曲折，并提出进京引见谋取官职的打算。俞廉三答应利用关系尽力为其疏通。随后徐锡麟又匆匆东渡日本，并为在国内进行革命活动作准备。为了满足武装起义后支付军饷的需要，他还请同志在日本学习印

徐锡麟塑像

制纸币技术。

中旬，徐锡麟偕妻子回国，同行者还有陈伯平、马宗汉。当时，陈、马二人已分别进入巡警学堂及早稻田大学预科学习，为了革命的需要，他们甘愿辍学回国。

回国以后，安徽省巡抚恩铭收到一封推荐信。信是他的老上级、曾任山西巡抚的俞廉三写来的，举荐

拓展阅读
TUOZHAN YUEDU

陈 伯 平

陈伯平（1882—1907）原名师礼，改名渊，字墨峰。别号白萍生、光复子。浙江绍兴平水人，生于福州。近代民主革命者。先后入福建武备学堂、绍兴大通师范学堂，并赴日本，学习巡警课程，1906年回协助秋瑾组办《中国女报》，年到安庆与徐锡麟一起发动起在与清军作战中牺牲。

自己的表侄，一个叫徐锡麟的浙江山阴青年。恩铭一直对俞廉三执门生礼，读过老师的信，就毫不迟疑地给这个通过"纳捐"而获得道员身份的徐锡麟在武备学堂安排了个"会办"的管理职位。

拓展阅读

马宗汉

马宗汉（1884—1907），原名纯昌，字子畦，别号宗汉子。浙江余姚（今慈溪）人。1902年进浙江高等学堂学习，开始接触革命思潮，传播民主革命思想。1905年参加光复会，次年1月东渡日本，进东京早稻田大学预科，接受资产阶级革命思想。1907年6月到安徽安庆，参加7月6日徐锡麟组织的起义，协助枪杀了安徽巡抚恩铭。起义失败后为保护群众挺身而出，被捕。8月24日被惨杀在安庆狱前，年仅24岁。

恩铭

恩铭是满洲镶白旗人，姓于库里氏，举人，捐得了候补知县，由候补知县而候补知府。实授山西归绥道，升任山西按察使，调任直隶口北道、浙江盐运使、两淮盐运使，不久，兼江苏按察使，升江苏布政使，最后在1906年做到了安徽巡抚。

前往安徽的途中，徐锡麟在杭州会晤了秋瑾等革命战友。徐锡麟谈了这次前往安徽的计划"打入安徽官府，谋取军权，在官场中进行革命活动，组织革命队伍，发动武装起义。"

秋瑾对这个计划十分赞赏："到时候，浙江和安徽联合发动起义，一举推翻清王朝。"

"秋瑾女士，我还有一事相托。大通师范学堂是革命的基地，一定要保护好它。我走后想请你去主持大通学堂的校务工作，加强对学堂的领导。"

秋瑾说："大通学堂你放心吧，我一定不辜负你的重托，把它领导好。只是，你这次去安徽是十分危险的，你要注意安全才是。"

徐锡麟坚定而恳切地对战友们说:"法国革命进行了80年才取得成功,这期间不知流了多少血。我们国家目前处在革命的初创阶段,也应当不怕流血才是。我这次到安徽去,就是预备流血的。我只希望如果我牺牲了,你们千万不要害怕而产生退缩的念头。"

当时在场的人都庄重地点了点头。

这次会见后,徐锡麟就由杭州直接到了安徽的政治、经济、文化中心,清政府巡抚所在地——安庆,开始了新的革命历程。

秋瑾故居

安庆起义

1906年10月，徐锡麟到达安庆后马上去见安徽巡抚恩铭，恩铭是个老奸巨猾的满清贵族，一向诡计多端。虽然徐锡麟是俞廉三所推荐，自己对徐锡麟的言谈也很有好感，但这个老家伙对新来的下属始终是有戒备的，他不肯轻易对徐锡麟委以重任。一直过了两个月，他才派徐锡麟为安徽陆军小学堂会办（副校长）。

徐锡麟对于恩铭的心思清楚得很。他心里愤愤地说："这个老狐狸，让我到小学堂任会办，只不过是面子上的事，这个职位根本没有实权。不过，这好歹也是个陆军学校，是我打入军界的阶梯。过一阶段我做出了成绩，我不信恩铭这个老家伙他不提拔我！"

于是，徐锡麟在生活上表面装得与那些的清政府官员一样奢侈腐化，在工作上则勤奋踏实，兢兢业业。为了给这一艰巨事业打好基础，徐锡麟忘我奔走，时常疲倦得睡觉都不脱鞋袜，到醒来发现再想脱也脱不了了，因为磨破的脚流出的血水已把脚和鞋袜粘在一起。果然，不久他便得到了恩铭的赏识。恩铭称赞他"年少而有为，办事可靠"，并提拔徐锡麟为安徽巡警

处会办兼巡警学堂会办。徐锡麟插入军界的愿望终于实现了。

　　安徽巡警学堂是恩铭创办的，主要培养下级警官，武器装备较好。徐锡麟出任学堂会办后，如鱼得水，认为大有用武之地，他决心把巡警学堂改造成安庆的革命基地。徐锡麟到任不久，学堂的总办得病死了。恩铭不想让汉族人得到这个职位，于是提升满族人毓朗担任总办。不过毓朗并不到校办事，而是由会办主持一切。徐锡麟终于掌握了学堂的实权。

　　徐锡麟打入安徽军界后，时刻不忘推翻满清的目标，他经常召集学生发表演讲，谈论国家前途，世界形势，启发学生们的觉悟。他的这些活动引起了巡警学堂收支员顾松的注意。顾松是满清政府的忠实走狗，地地道道的顽固分子。他常常暗中监视徐锡麟的活动，甚至偷拆徐锡麟的信件。徐锡麟同光复会员的通信都是用暗语，顾松抓不到把柄，但这个坏家伙还是不断地向毓朗和恩铭进言，说徐锡麟很不可靠。

终于有一天，恩铭召见徐锡麟。徐锡麟像往常一样连忙到巡抚的府内叩见。他刚一坐下，恩铭就对他说："徐会办，有人对我说你是革命党人。"

徐锡麟心中一惊：莫非他觉察出来了？不会！我一向谨慎敏捷，他没有把柄，不过是试探我罢了。想到这里，徐锡麟装做很生气的样子说：

"竟有此事，那么大帅相信那些人的鬼话吗？是什么人这样陷害于我呢？"

恩铭点了点头："我是不相信，不过你也要好自为

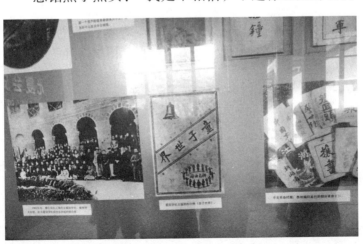

『徐社』内陈列的图片资料

之呀！"

"大帅明鉴。"

恩铭见他神色从容，就不再怀疑他了。

总算闯过了这道险关，徐锡麟松了一口气。

1907年3月，徐锡麟与秋瑾再次会见。这次会见中，两人交流并分析了安徽、浙江两地革命活动的进展情况，作出了两省联合起义的决定。两人决定秋瑾回浙江后，把浙江的民间秘密组织联合起来，发动起义，安庆组织响应，在起义之前，由秋瑾派人在浙江组织队伍，携带武器，到安庆参加起义；两省起义后，合力攻取清政府在东南的统治中心南京，造成浩大声势，推动全国革命运动的高涨，夺取革命的胜利。两人分手后，徐锡麟立即以安徽巡警堂为基地，积极开展起义的准备工作。

徐锡麟为了组织安庆起义，特地邀请好友陈伯平、马宗汉两位革命志士到安庆协助。陈伯平和马宗汉来后，立即负责到各地联络起义队伍。

当徐锡麟和秋瑾加紧筹备起义时，清政府在各地也对革命势力进行了反扑，逮捕了大批革命党人。

1907年6月的一天，恩铭又紧急召见徐锡麟。徐锡麟到后便问："大帅，紧急召见我有要紧事吧？"

恩铭示意他坐下："正是，刚才我接到两江总督来

安庆巡警学堂内的"百花亭"为徐锡麟起义议事之地

电。上海一批革命党人被抓，一个叫叶仰高的人供出一批打入安徽的革命党的别号，据他供称，光复会的首领已进入安徽官场，妄图颠覆满清政权，形势十分危急，所以你要从速缉捕本省的革命党。"说着他递给了徐锡麟一份名单。

徐锡麟接过名单，大吃一惊，名单之首赫然地写着：光汉子。徐锡麟心中暗叫："好险哪！幸亏恩铭不明真相，否则就糟了。"但他表面上装得十分沉着："大帅请放心，我立即派人去查拿。"

恩铭老贼根本想不到要缉捕的光汉子，就是眼前的徐锡麟，他催促道："你快去查办吧。"

这件事虽然暂时被徐锡麟机智地应付过去了，但徐锡麟感觉到自己的身份有随时暴露的危险，稍不留神，将会前功尽弃，形势十分危急。正在这时，徐锡麟又接到了前往上海联络的陈伯平、马宗汉的来信，通知他浙江方面已决定在7月6日起义。于是徐锡麟当机立断，决定提前于7月8日安徽巡警学堂举行毕业典礼，邀请安庆所有清政府官员来学堂观礼，然后趁机暴动，杀掉在场的所有满清官吏，发动起义。主意打定之后，他立即着手起义准备。

安庆起义布置就绪后，徐锡麟去见恩铭："大帅，巡警学堂定于7月8日举行毕业典礼，特请大帅及安庆所有政府官员参加。"

恩铭一听，很高兴："好啊，我一定去。不过我得看看这一天我有没有其他事。"说着他让前来巴结他的顾松查一查他的日程安排。顾松拿来日程表，恩铭看了一下说："7月8日我已另有安排了，我的一位好友的母亲八十大寿，我是一定要去的。这样吧，你把毕业典礼提前在7

陈伯平故居

月6日举行，我一定参加。"

徐锡麟赶紧表示："大帅，若提前的话，时间太仓促，恐怕举行不了。"

谁知站在一边的顾松一心要讨好恩铭，他上前奴颜婢膝地说道："徐会办，咱们不是组织得差不多了吗？提前两天没问题的。"

没等徐锡麟回答，恩铭就说："好，就这么定了，7月6日，我和众官员一定去。"

由于顾松的多嘴和恩铭的坚持，徐锡麟完全失去了回旋余地，无可奈何，只好把毕业典礼提前改在7月6日举行。

时间的突然变更，完全打乱了徐锡麟的原定计划。

他当时并不知道由于情况变化，秋瑾已将浙江起义推迟到 7 月 19 日进行，所以为了配合浙江起义，他只好决定 7 月 6 日发动起义。由于时间紧迫，已来不及通知各方面改变原定的起义部署，他只能采取紧急措施，派人准备举行盛宴的花厅，并先把炸药埋在花厅下面。同时他又亲自去邀请各文武官员在 7 月 6 日前来参加典礼。

　　7 月 5 日，陈伯平和马宗汉从上海赶回安庆，当他们得知第二天就要举行起义时，虽然觉得时间太仓促，但他们还是毫不犹豫地与徐锡麟一起起草了《光复军告示》，准备起义后散发宣传革命党的思想和政治主张的告示。晚上，三个人共同商定了起义战斗步骤、暴动暗号等。最后，徐锡麟将刚从上海买来的六支七响枪，留下两支自用，其余的交给陈伯平和马宗汉使用。陈伯平还随身携带了自制的炸弹。一切准备妥当后，

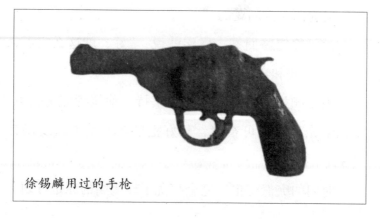

徐锡麟用过的手枪

辛亥革命时期著名人物邮票

他们都怀着无比激动的心情，等待黑夜过去，迎接明天的战斗。

1907年7月6日，安徽巡警学堂举行毕业典礼。一场震惊中外的革命风暴就要爆发了。

早晨四五点钟，黑沉沉的天空刚刚露出一缕曙光，一阵长哨响过之后，学堂寂静的校园顿时沸腾起来。学生们紧急集合。全身武装的徐锡麟站在操场的讲台上，发表了慷慨激昂的动员演说。

他说："我此次来安庆，专为救国，而不是为了功名富贵来这的。诸位也要不忘救国二字，行止坐卧，都不能忘，如果忘了救国二字，就不成人格。"

徐锡麟言语激烈，洋洋数千言，使学生们大受感动。

上午8点左右，安徽的文武官员30多人陆续到达，一向拖沓的恩铭，这天一反常态，乘坐八抬大轿，在文武巡捕的簇拥下，也按时到达。徐锡麟率领学生在

校门口列队迎接。恩铭见到徐锡麟笑着说:"徐会办身穿戎装颇有气概。"徐锡麟回答:"今天是甲班学生毕业大典,大帅又亲临阅操,应该这样穿戴,以示隆重。"

徐锡麟打算在花厅一举歼灭这些贪官污吏,早已派人在花厅摆好筵席,并埋好了炸药。于是,他请恩铭等文武官员到花厅赴宴。不料这时顾松竟暗地对毓朗说:"徐道台不是好人,请转告大帅不要在这里喝酒。"毓朗立刻密报恩铭。恩铭听了虽似信非信,但不敢在花厅久留,便对徐锡麟说:"我今天身体不舒服,酒不喝了。"徐锡麟立刻意识到可能起义机密已经泄露。他暗自想:这里不能采取行动,就进行下一步。

安徽巡警学堂旧址

于是，他装做若无其事地挽留说："大帅既不喝酒，那就请到礼堂行过毕业典礼后再走吧！"恩铭不便推辞，只好同意。于是徐锡麟引导恩铭等进入礼堂。恩铭等官员按官位大小就座，徐锡麟率领教师们站在前面，学生列队肃立在阶廊下，陈伯平、马宗汉站在一旁。

9点左右，毕业典礼正式开始。军官班的学生首先行鞠躬礼，恩铭答礼。士兵班学生正准备行礼，徐锡麟突然走上前去举手行礼并呈上学生名册，大声说道："回大帅，今天有革命党要起义。"这是徐锡麟和陈伯平预约的暴动信号。

恩铭大吃一惊："徐会办从哪儿得来的消息？"话音未落，陈伯平立刻向前扔出一枚炸弹。炸弹在地上滚动，可惜并没有爆炸。恩铭吓得魂不附体，其他官员也是目瞪口呆。为了稳住恩铭，不使他脱逃，徐锡麟急忙上前说道："大帅不用担心，这个革命党人，我一定把他捉拿归案。"一边说他一边低头从靴筒中拔出

两支手枪，分握在左右手。恩铭一看，惊恐万分，忙问："徐会办，你拿枪干什么，莫非要杀我吗？"徐锡麟怒目而视："正是"。说着便向恩铭射击。

　　徐锡麟本想一枪打死恩铭，然后与陈伯平、马宗汉一起击毙其他官员，然而徐锡麟眼睛高度近视，加上枪弹硝烟弥漫，所以虽然与恩铭仅相距几米，但一时难以分辨是否击中，只得连续向恩铭射击。陈伯平、马宗汉也跟着向恩铭射击。惊魂未定的恩铭身中七枪，一中唇，一中左掌手心，一中右腰际，余中左右腿，都没有击中要害。文巡捕陆永颐一声怪叫，扑上来以身体掩护恩铭，剩下的子弹都射进了陆永颐的背部，陆永颐当场毙命。

　　至此，恩铭才恍然大悟，痛悔交加，死前不断喊

宗汉亭

着："糊涂啊，糊涂！"

徐锡麟枪弹打光，随即进入一旁小室装填子弹，武巡捕趁机背起重伤的恩铭朝礼堂外跑。一片混乱、嘶喊中，陈伯平从后面击中了恩铭致命的一枪，才击中要害，恩铭当场死亡。

慷 慨 就 义

巡警学堂内，遭此巨变的文武官吏连滚带爬，纷纷逃窜。这时那个告发徐锡麟十分卖力的顾松刚刚逃到门外跳下一条污水沟，被马宗汉一把抓住；顾松叩头求饶，徐锡麟先用刀砍，见其不死，命令马宗汉用枪将其击毙。然后大声高呼："恩铭已被杀，快随我一

徐锡麟刺杀安徽巡抚恩铭

血溅校场　杀身成仁
——民主斗士徐锡麟

起革命！"然后集合学生，分发枪支子弹，轰动中外的安庆起义就这样开始了。

起义后徐锡麟领头，马宗汉在中间，陈伯平殿后，带领起义学生直奔巡抚所在地——抚署。

安庆城北大珠子巷军械所大门。徐锡麟巡警学堂起义后，就是到这里来取枪支弹药的。

途中发现清军关闭了安庆城门，徐锡麟派出的联络员出不了城，城外的新军也进不来，起义军内外联系中断。于是随即决定转往安庆军械所并很快占领了军械所。这时候，军械所总办已携带仓库钥匙自后门逃走，弹药都藏在地下库内，一时无法取出。

光复军战士从库房里拉出一门大炮，架在军械所后厅，陈伯平取了一枚炮弹装进炮膛，对徐锡麟说："现在形势危急，用炮弹把抚台衙门炸掉，摧毁敌人机关，然后轰击北门城楼，打开城墙缺口。"徐锡麟见抚台衙门一带民房密集，马上制止说："这样做就会玉石俱焚，与革命宗旨不符。我们即能成功，老百姓必然糜烂不堪。"坚决不让开炮。

城门被关闭，又不愿开炮炸开城墙，徐锡麟和他的同志们困在弹丸之地的安庆城内，只有死路一条。

这时，逃回官府的毓朗等官员紧急组织反扑，组织各路兵马围攻安庆军械所。由于起义计划的改变没有来得及通知各方，出于求援的学生也被封锁在城内，加上清政府这时岌岌可危，对革命党反应也特别迅速，徐锡麟等人很快就陷入了孤军奋战的困境。

起义队伍在军械所与清军激战了两个多小时，把守前门的陈伯平中弹牺牲。毓朗看双方相持不下，便悬赏三千元捉拿徐锡麟，清兵仍畏缩不敢上前，于是毓朗把赏额增加到一万，清军才开始加紧了攻势。下午三点，起义军弹尽粮绝，已无法坚守，徐锡麟决定突围。他掩护学生们和马宗汉突围后，自己才从屋顶上离开，刚走不远就被清军围攻，多处中弹。他知道难以脱险了，就从屋子上跳下，把手枪一扔，说了声：

徐锡麟纪念碑

"走吧"，英勇被俘。马宗汉等人在突围中也被捕。

徐锡麟就义前写的绝命书

安徽官府捕获徐锡麟后，立即设立刑庭对他进行审讯。审讯开始的时候，这些被徐锡麟的起义吓破了胆的清政府官吏，还担心会有不测。他们在刑庭两旁排列全副武装的大队官兵，以壮声威。徐锡麟虽满身创伤，步履艰难，但毫无惧色，神态自若，昂头走进刑庭。他以轻蔑的目光环视了一下全副武装的官兵，然后坦然地席地盘腿而坐。

这时，毓朗以"胜利者"的姿态，喝令徐锡麟跪下。徐锡麟对着他大声吼道："你还在洋洋得意，你若是当时慢走一步，也一定被我所杀，真是便宜了你这条走狗了，毓朗恼羞成怒，命令徐锡麟："你要从实招出你与其他同党的关系和名册。"徐锡麟凛然拒绝道："安庆起义完全由我一人策划，与他人无关，参加起义的学生也都是我用枪逼迫的。我的罪，我一个人承担，你不要累及其他人。"

这时，一个官员问徐锡麟："平时恩铭待你不薄，你为何如此忘恩负义？"徐锡麟义正词严地说："他待我不薄，纯属个人恩惠，我杀恩铭，则是为了天下的公愤。"

接着，徐锡麟反问道："恩铭死了吗？"毓朗撒谎道："没有，仅受轻伤，经医生治疗已经痊愈了，明天要亲自审讯你。"徐锡麟听了低头不语。毓朗接着又厉声说："你知罪吗？明天就要剖你的心肝了。"这时徐锡麟领悟到恩铭已死，他仰天大笑说；"恩铭死了，我的志愿也实现了，我的志愿实现了，即使将我的身体切成千万片我也会在所不惜的，区区心肝又算得了什么！"

接着他又大笑起来，直笑得毓朗等人心惊肉跳，几乎跌倒。

再问同党有哪些，徐锡麟回答："革命党人多得很，唯安庆是我一人。"

血溅校场 杀身成仁
——民主斗士徐锡麟

满清酷刑

审讯者要徐锡麟写供词。他提笔疾书，立刻写了数千言，写完后自己诵读一遍，然后又推敲修改，仿佛是在书房中写文章。他的供词，满纸写的都是"杀尽贪官"、"推翻清廷"、"恢复中华"的内容。

就义前的徐锡麟

刑审完毕后，摄影师为徐锡麟照了相。照完一张后，徐锡麟要求重照。摄影师忙问："为什么要重照呢？"徐锡麟大笑说："大凡倡大义者，就要做出表率，视死如归。我刚才照的那张没带笑容，所以我要重照，要用笑容激励后人前进！"无奈，摄影师只好给徐锡麟重照了一张。

安徽官府在进行刑审的同时，还商议对徐锡麟的处置办法，毓朗等满族官员出于报复，主张先挖心后斩首，但其他人担心这种惨绝人寰的残杀，会进一步激怒革命党人和广大群众。最后定为先斩首后挖心。他们还担心夜长梦多，所以决定第二天就行刑。

7月7日凌晨，狂风怒吼，乌云密布。监斩率领大队官兵及刽子手偷偷将徐锡麟用人力车押到东辕门外刑场。徐锡麟已意识到要对他行刑，他大义凛然地走向刑场，神态自若，视死如归。可是，当他看到还有几个学生陪斩时，却激动地大喊起来："杀恩铭的是我，跟学生没有关系。你们不要伤害无辜。"同时他又恳切对学生们说："满清必灭，华夏必兴，我今天在安徽洒下一滴血，将来安徽要开无数的花。推翻虏廷，光复华夏，为期不远，大家不要做满人的奴才。"说完，从容就义。徐锡麟就义后，刽子手凶残地用牛角刀取出他的心脏。恩铭的妻妾还指使人把徐锡麟的心煮熟并吃掉了。挖吃徐锡麟血心的兽行，彻底暴露了满清政府的凶残本质。

徐锡麟就这样英勇就义了，牺牲时他年仅35岁。

安庆起义失败的消息传到绍兴，秋瑾万分悲痛，她怀着沉痛的心情写诗悼念亲密的革命战友徐锡麟：

十日九不出，无端一雨秋。
苍生纷痛哭，吾道例穷愁！

徐锡麟在安徽起事失败之后，负责浙江起事的秋瑾自然成了奸细告密的对象。无奈此时的秋瑾心意坚决，她说："革命要流血才会成功，如满奴能将我绑赴断头台，革命至少可以提早五年。"真有"为有牺牲多壮志，敢叫日月换新天"的凛冽和坚定。秋瑾拒绝了出走暂避的规劝，继续准备起义。

7月13日清兵包围了大通学堂，三百多名荷枪实弹的士兵，冲进学堂抓捕秋瑾。

秋瑾和少数留校学生持兵器与官兵搏斗，终因寡不敌众，秋瑾被捕入狱。浙江起义也失败了。

秋瑾一被带到府衙就遭到了三堂会审。绍兴知府贵福与被徐锡麟刺死的恩铭有亲戚关系，所以对徐的同党秋瑾自然一心谋害。而山阴县令李钟岳却对秋瑾同情有加，他爱惜这名有才有勇气的女子。大堂上，秋瑾对贵福的提问针锋相对。当被问到同党时，秋瑾对着贵福说，你也常来大通学堂，你也是同党之人！

这里是当年秋瑾的办公室。清兵包围大通学堂，秋瑾率学生同清兵搏斗，因众寡悬殊，不幸在此被捕。

贵福听后大怒，对秋瑾动了"拶指"（拶指，旧时一种酷刑，用绳子穿五根小木棍，套着手指，用力收紧）的酷刑。

7月14日，知县李钟岳提审秋瑾，他在花厅屏退众人，让秋瑾坐在椅上，缓缓对谈。县衙内外唯见长日流转，鸦雀无声。秋瑾向父母官讲了自己的家庭、婚姻和留学日本的经过。当李钟岳问她有什么话想留下时，秋瑾忍着手痛，在纸上先写下了一个指盖大的秋字，之后，便续出一联"秋风秋雨愁煞人"。李钟岳看得一片黯然。当晚向贵福禀明秋瑾之案无凭无据，不该定罪。然而一定要置秋瑾于死地的贵福竟立即起身前往杭州，向浙江巡抚谎称秋瑾已伏案认罪，立时得到了就地正法的手谕。

7月15日凌晨三点到五点，一夜未眠的李钟岳来到大牢。此时的秋瑾已知大限将近。她从容地对父母官提出了三项请求：一、我是女子，死后万勿剥衣；二、请为备棺木一口；三、刑前允我写家信一封。

最后还留下了这样一首绝命词："痛同胞之醉梦犹昏，悲祖国之陆沉谁挽。日暮穷途，徒下新亭之泪；残山剩水，谁招志士之魂？不须三尺孤坟，中国已无干净土；好持一杯鲁酒，他年共唱摆仑歌。虽死犹生，牺牲尽我责任；即此永别，风潮取彼头颅。壮志犹虚，

血溅校场 杀身成仁

民主斗士徐锡麟

雄心未渝，中原
回首肠堪断！"

安庆起义失
败还波及安庆、
绍兴和东浦的徐
氏家族。当时，
身为一家之长徐

锡麟的父亲徐凤鸣，果断地打发徐氏家人离开徐宅远
遁他乡避难。自己则为儿负罪主动去山阴县衙投案，
被关押进绍兴城内府山南麓的山阴县狱。

在这次起义失败余波中，王子余没有被累及，得以
迅速返回绍兴营救徐凤鸣，这是因为秋瑾在受审时守口
如瓶，坚不吐实，使王子余幸免牵连，安然返回家乡。
王子余抵绍后即去山阴县狱探望牢中的徐凤鸣老人。他
劝说老人一番后离开监狱，立即开展营救活动。

王子余设法通过山阴县衙内的关系，在原来的旧
档案中补进去一份，徐凤鸣曾经向山阴县衙控告长子
徐锡麟犯有不听父教、忤逆不孝之罪的状纸。

也在这时，绍兴知府收到来自安庆方面的消息：
在徐锡麟公馆内搜查到徐凤鸣致徐锡麟的信件中都是
要徐锡麟知恩酬报、勤职尽责、效忠上司的谆谆教子
之词，足以证实，徐锡麟不听父教，擅自"妄为"其

所犯之罪与父无关。王子余又联络绍兴地方绅士联名出具担保书，呈送绍兴知府贵福和山阴知县李钟岳，为徐凤鸣作保。在王子余努力营救和社会舆论敦促下，徐凤鸣终于得以无罪释放。

徐锡麟枪杀恩铭，发动安庆起义，有力地打击了清朝统治者的嚣张气焰。清朝统治者上自朝廷，下至都督，无不惊慌失措，大有草木皆兵的感觉。清朝高官人人自危，两江总督端方电告军机大臣铁良："吾等自此以后，无安枕之日"。另有立宪派将安庆发生如此祸事归因于宪政不行，加快了推动立宪的步伐。当然，徐锡麟的壮举和惨死，徐锡麟的革命英雄事迹，也大大激励了革命党人的斗志，使更多的仁人志士投入反清革命。1911年孙中山领导的辛亥革命终于推翻了腐朽的清王朝。

血溅校场　杀身成仁

徐锡麟为了革命献出了年轻的生命，他为了实现革命理想，投笔从戎，不惜抛头颅，洒热血，为国为民的高贵品质和艰苦卓绝、英勇顽强的斗争精神，依然放射出灿烂的光辉。后人将永远缅怀这位民主革命的先驱者。

中华魂·百部爱国故事丛书
提　要

《誓与禁烟相始终——民族英雄林则徐》

林则徐严禁鸦片，坚决抵抗西方列强的侵略，坚持维护国家主权和民族利益。他是中国近代历史上第一位睁眼看世界的人，是抗击帝国主义殖民侵略的第一人，是中华民族抵御外侮过程中伟大的民族英雄。

《血洒虎门御敌寇——抗英将军关天培》

民族英雄关天培，在第一次鸦片战争中为了抗击英国侵略者的入侵而血洒虎门，为国捐躯，谱写了一曲可歌可泣的英雄赞歌。关天培用他的生命，书写了中国人民反抗外侮的历史。

《威震镇海靖节魂——抗敌英雄裕谦》

在第一次鸦片战争期间的众多牺牲者中，有一位官阶最高，他就是两江总督裕谦。裕谦与外国侵略者斗争立场坚定，与国内妥协派、投降派斗争态度坚决。裕谦督战镇海，与英国侵略军浴血奋战，临危不惧，以身报国，浩气长存。

《斩邪留正解民悬——太平天国领袖洪秀全》

农民出身的洪秀全，从失意文人到起义领袖，经历了长期的思想演变过程，在外敌入侵、清朝政府腐朽的历史环境之下，顺应时代的潮流，成长为一位非凡的历史英雄人物，建立了与清朝政府相抗衡的农民政权——太平天国。

《仰承汉唐　荟萃中外——近代数学家李善兰》

李善兰是我国19世纪重要的科学家之一，在数学、天文学、力学等方面都有重大建树。他继承了我国古代数学的成就，又以极大的热情传播西方科学文化，"仰承汉唐，荟萃中外"，把自己的一生献给了科学事业。

《严谨治学　勇于探索——近代著名数学家华蘅芳》

华蘅芳，中国近代数学家之一。其精通中国古算学，并熟练掌握西方近代数学，是中国验证抛物线并著书立说的参与者。为了证明"外国有的，中国也能造"而鞠躬尽瘁，在引进西方科学技术、传播科学知识上贡献卓著。

《折冲樽俎护山河——近代著名外交家曾纪泽》

曾纪泽是中国近代史上著名的爱国外交家，在中俄伊犁交涉事件中，他秉承抵抗列强、保卫国家的坚定意志，利用外交手段全力同沙俄抗争，捍卫了国家主权、民族尊严，收回了祖国的领土，在近代中国外交史上留下了光辉的一页。

《甲午海战留英名——民族英雄邓世昌》

邓世昌，北洋水师名将。本书以邓世昌的成长过程为线索，以代表性的历史故事为主要内容，还原真实的历史事件，突出鲜明的人物性格。邓世昌因在中日甲午海战中突出的英雄气概而名垂史册，书写了伟大的爱国主义篇章。

《誓与舰队共存亡——北洋水师提督丁汝昌》

丁汝昌处在清朝政府的腐朽和李鸿章的专断下，难以施展爱国的抱负，壮志未酬，愤恨而终。但丁汝昌为建立近代海军作出的巨大贡献，带领北洋舰队爱国官兵勇抗强敌的英雄事迹，将永远为后代所传颂。

《镇南关上凯歌扬——抗法老英雄冯子材》

1885年中法战争中，年逾古稀的冯子材为抵御外国侵略，勇赴国

难，大败法军于镇南关，并乘胜追击，接连收复文渊、谅山等地，从根本上扭转了中法战争的局面，成为近代民族英雄的杰出代表。

《屡败法军逞英豪——黑旗军将领刘永福》

刘永福是黑旗军的创建者，是农民出身的杰出军事家、政治活动家。在19世纪发生的援越抗法、中法战争中，他率部与帝国主义侵略者进行了殊死的战斗，建立了卓越的功勋，成为我国近代史上著名的民族英雄，为后世所景仰。

《矢志变法强国家——戊戌变法领袖康有为》

康有为是清末民初最有影响力的思想家之一。他领导了中国知识界的启蒙运动，掀起了一场自上而下的政体改革。他最早在中国提出了立宪政体和具体的宪政方案，主张在坚持儒家传统和帝制的前提下，学习西方经验，他的进步思想对近代中国具有深远的影响。

《开民智以报国　普新知而图强——戊戌变法思想家梁启超》

梁启超，中国近代史上著名的政治活动家、启蒙思想家、史学家、文学家，戊戌变法领袖之一。本书以百日维新思想家梁启超的成长过程为线索，以代表性的历史故事为主要内容，还原真实的历史事件，突出鲜明的人物性格。

《我自横刀向天笑——维新志士谭嗣同》

谭嗣同在民族危机的严重时刻，投身改革救中国的洪流。为了带给祖国一个光明的未来，紧要关头，他挺身而出，用自己的鲜血激励后人，把宝贵的生命献给了变法事业。

《睡乡敢遣警世钟——用生命警策国人的陈天华》

陈天华是民主革命的活动家和宣传家。他写的《猛回头》《警世钟》等书，起到了革命启蒙的重大作用。为了激发留日学生的爱国情怀，他不惜投海自杀，演出了近代史上感人至深的一幕，给后人留下了难忘的印象。

《革命军中马前卒——民主斗士邹容》

革命乃"至尊极高，独一无二，伟大绝伦之一目的"；它是"天演之公例、世界之公理，顺乎天而应乎人"的伟大行动。因此，必须"仗义群兴革命军"。他激情高呼："革命独子万岁！中华共和国万岁！"这就是《革命军》的作者，中国近代著名资产阶级革命宣传家邹容。

《休言女子非英物——鉴湖女侠秋瑾》

为民族解放和妇女解放而英勇斗争的秋瑾，冲破封建礼教的思想牢笼，打碎封建精神枷锁，崇仰真理，追求光明，主张共和，坚持男女平等，最终献出了自己年轻的生命。

《血溅校场 杀身成仁——民主斗士徐锡麟》

本书讲述了反清志士徐锡麟弃文从武、投身反清革命事业，最终被清政府杀害的故事。出于对国家的热爱，徐锡麟献出自己的生命，他的事迹将永远激励后人深切缅怀这位民主革命的先驱。

《生可死耳 我志长存——献身民主的禹之谟》

禹之谟，民主革命党人，同盟会会员，近代资产阶级革命家、实业家。1886年，20岁的禹之谟"提三尺剑，挟一卷书"游历四方，研究西方社会政治学说，忧国忧民之心日趋强烈。戊戌变法失败，他丢掉改良幻想，倡革命救亡之说，走上民主革命道路。

《物竞天择 适者生存——资产阶级启蒙思想家严复》

严复是中国近代著名的启蒙思想家、翻译家和教育家。他长期从事教育和翻译事业，为近代中国人才培养和思想启蒙做出了重要贡献，同时他也为中国的翻译事业和中西思想文化交流做出了重要贡献。

《辛亥革命急先锋——资产阶级革命家黄兴》

黄兴，清末民初资产阶级革命家，中华民国开国元勋。黄兴在武昌首义及辛亥革命时期的爱国表现，与孙中山闻名于当时，常被时人以"孙黄"并称。本书以资产阶级革命活动实干家黄兴的成长过程为线索，歌颂了先辈伟大的爱国主义精神。

《矢志革命 百折不回——近代民主革命家廖仲恺》

廖仲恺追随孙中山踏上了创立民国与捍卫共和制的旧民主主义革命

之路；在新民主主义革命时期，他为建立、巩固首次国共合作和实施三大政策，英勇奋斗，为国殉职，洒尽了一腔热血。

《将军拔剑南天起——护国英雄蔡锷》

蔡锷是中国近代史上的杰出军事家、爱国者。他的一生短暂而伟大。辛亥革命爆发，他毅然投身于革命洪流之中，领导云南重九起义，对武昌起义积极响应。袁世凯窃国复辟、恢复帝制的阴谋暴露出来以后，他又毅然举起了武装讨袁的旗帜。

《反帝反封建运动——五四青年的爱国故事》

五四运动是一次伟大的反帝反封建的爱国运动；是一个伟大的历史转折点；是中国人民的斗争从挫折走向胜利的一个关节点，它为中国的前进开辟了一条全新的道路，拉开了中国新民主主义革命的序幕。

《思想自由　兼容并包——著名教育家蔡元培》

蔡元培是中国近现代著名的民主革命家和教育家，一生经历风雨，却始终信守爱国和民主的政治理念，致力于废除封建主义的教育制度，奠定了我国新式教育制度的基础，为我国教育、文化、科学事业的发展做出了富有开创性的贡献。

《为国家争光　为民族争气——中国铁路之父詹天佑》

詹天佑是我国最早的杰出铁道工程师，因主持建造京张铁路而闻名中外，被誉为"中国铁路之父"。他为祖国的铁路事业贡献了毕生的精力。本书向读者展示了詹天佑热爱祖国、科技兴国的辉煌人生。

《实业救国　衣被天下——轻工之父张謇》

张謇是爱国实业家、教育家。他年轻时中过状元。过了40岁，开始投身工商实业活动中，他的名言是"富民强国之本在于工"。在南通，创办大生丝厂、银行等各种实业。并将创办实业的大部分所得投入教育。他的观点是，教育和实业一样，也是"富强之大本"。

《心向革命　追求光明——平民将军冯玉祥》

冯玉祥将军"是一位从旧军人转变而成的坚定的民主主义战士"。

抗日战争期间，他辗转各地，用实际行动积极抗战。日本战败投降后，他为了断绝美国的援蒋内战，又在美国四处演说，揭露蒋介石统治之黑暗，痛斥美国阴谋分裂中国的不良行为。

《刑场上的婚礼——革命烈士周文雍　陈铁军》

周文雍是广州起义的主要领导人之一。陈铁军出身于华侨商人家庭，却毅然投身革命洪流。1928年1月，两人接受派遣，回到广州假扮夫妻从事革命斗争，却不幸被捕。临刑前，两位烈士将敌人的枪声当作自己婚礼的礼炮，用生命和爱情谱写出一曲千古绝唱。

《星星之火　可以燎原——井冈山斗争的故事》

1927—1929年，毛泽东、朱德等老一辈革命家，在井冈山创建了农村革命根据地，进行了艰苦卓绝的斗争，建立了新型革命武装，点燃了工农武装革命之火，找到了农村包围城市最后夺取政权的中国革命的正确道路。

《新民学会的主要发起人——中国共产党早期革命家蔡和森》

蔡和森青年时期曾与毛泽东等人一起组织进步团体新民学会，参加五四运动，并在赴法国勤工俭学时研读大量马克思主义著作，回国后以满腔热忱投身革命事业，成为中国共产党早期重要的理论家和宣传家。

《威震黄浦江畔　高奏抗日壮歌——一·二八淞沪抗战》

面对日本侵略者的挑衅，十九路军在蒋光鼐、蔡廷锴的带领下，高举义旗，奋力一搏。一·二八淞沪抗战，是中国军人捍卫军人荣誉和祖国尊严所发出的吼声，谱写了一曲抗击日军侵略的英雄壮歌。

《将军恨不抗日死——慷慨就义的吉鸿昌》

在国难深重的20世纪30年代，吉鸿昌将军因拒绝执行国民党指示，坚决不打内战，被迫携眷出国"考察"。回国后，他加入中国共产党，组织了民众抗日同盟军，英勇打击日本侵略者，后于1934年11月被国民党反动派杀害。

血溅校场　杀身成仁
——民主斗士徐锡麟

《献身革命　甘于清贫——梅岭忠魂方志敏》

大革命失败后，方志敏凭着"两条半步枪"起家，身经百战，创建了赣东北革命根据地和红十军。本书真实记录了方志敏投身于革命、领导红军和敌人进行艰苦卓绝斗争的经历，歌颂了烈士贫贱不移、威武不屈、献身革命的高尚品质。

《奏响中华最强音——人民音乐家聂耳》

聂耳在他有限的生命中创作了数十首革命歌曲，在抗日救亡运动中，聂耳的这些歌曲产生了广泛深远的影响。他的音乐创作为中国无产阶级革命音乐的发展指明了方向，树立了榜样。

《横眉冷对千夫指——中国文化革命主将鲁迅》

鲁迅不但是伟大的文学家，而且是伟大的思想家和伟大的革命家。在那风雨如晦的黑暗年代里，他以笔为投枪，同一切帝国主义和反动派进行了顽强的战斗，为中国人民树立了一个不朽的丰碑。他是新文化战线上的一面光辉旗帜，是我们伟大民族的灵魂。

《铁流两万五千里——红军长征的故事》

红军长征是人类历史上的一次伟大的壮举。第五次反"围剿"失败后，中国工农红军的三大主力在极端艰难的条件下，突破国民党军队的围追堵截，进行了史无前例的战略大转移，总行程达两万五千里以上。途中发生了许多动人故事，至今令人难以忘怀。

《荣辱不移革命志——创建陕北红军的刘志丹》

刘志丹是杰出的无产阶级革命家、军事家，西北红军和西北革命根据地的主要创始人之一。他一生热爱人民，追求真理，英勇善战，百折不挠，艰苦奋斗，忠心赤胆，为创建红军和革命根据地、为中国人民的解放事业建立了不可磨灭的功勋。

《英名永存北平城——爱国将领佟麟阁　赵登禹》

1937年7月28日，日军向北平郊区发动进攻。第二十九军副军长佟麟阁奉命在南苑率部与日军苦战，腿部受伤，头部被敌机炸伤，壮烈殉国。第一三二师师长赵登禹指挥部队顽强抵抗日军，右臂中弹负伤，仍继续作战。后在转移途中遭日军截击而牺牲。

《八百壮士　四行仓库铸军魂——谢晋元和他的战友们》

八一三抗战，中国军人以血肉之躯揭开全面抗战的帷幕。这是一场血战，是中国军人不屈不挠的英雄诗篇，其中的八百壮士守四行，成为这首英雄颂歌中最动人、最凄美的音符。一曲四行保卫战，铸就了不屈的军魂。

《八女投江　气贯长虹——八位抗联女战士》

抗日战争时期，以冷云为首的东北抗日联军8名女战士，为捍卫民族尊严，面对凶残的日寇，镇定自若，宁死不屈，投江殉国，表现了中华民族同敌人血战到底的英雄气概。她们的光辉形象，激励着千千万万的后来人。

《艰苦抗战　威震敌胆——著名抗日英雄杨靖宇》

杨靖宇将军是我国著名的抗日民族英雄。曾先后担任磐石游击队政治委员、东北抗日联军第一军军长兼政委、抗日联军总司令等职。领导军民对日寇坚持了长达9个年头的艰苦卓绝的斗争，最终以身殉国。

《死也不当亡国奴——镜泊抗日英雄陈翰章》

陈翰章，从1932年8月投笔从戎，直到1940年12月8日为抗击日本侵略者，战死在镜泊湖畔。他在抗日疆场上奋战了九年，他那可歌可泣的英雄事迹将为人们永世传颂。

《名将殉国　气壮山河——抗日将军张自忠》

著名抗日将领、民族英雄张自忠，生于忧患的时代，抱有"宁为百夫长，胜作一书生"的志向，经历过失败与低谷，最终成就了慷慨人生。本书主要以人物活动为主，勾画出一个真正的"民族魂"鲜活的人生，会带给读者振奋的力量。

《宁死不辱战士名——狼牙山五壮士》

1941年日寇在河北易县"扫荡"。为掩护群众和主力部队撤退，五

血溅校场　杀身成仁

——民主斗士徐锡麟

位八路军战士毅然把敌人引上了狼牙山棋盘坨峰顶绝路。弹尽粮绝、无路可退，五位英雄纵身跳下了万丈悬崖，用生命和鲜血谱写出一曲惊天地泣鬼神的壮举。

《太行浩气传千古——抗日名将左权》

左权，中国工农红军和八路军高级指挥员，著名军事家。是八路军在抗日战场上牺牲的最高指挥员。名将阵亡，太行山为之垂首，全党为之悲痛。周恩来称他"足以为党之模范"，朱德赞誉他是"中国军事界不可多得的人才"。

《虎将兴关外　抗倭统雄师——抗联英雄赵尚志》

本书描写了久经考验的共产党员、东北抗联的创建者和主要领导人赵尚志，在艰苦卓绝的条件下，坚持抗战，威震敌胆，战功卓著，忍辱负重，忠贞不屈，为国捐躯的英雄故事，为青少年读者呈上一部爱国主义的佳作。

《黄埔之英　民族之雄——抗日名将戴安澜》

抗日名将戴安澜，先后参加保定、漕河、台儿庄、武汉、昆仑关等战役，作战英勇，屡建奇功；入缅作战，"扬威国外，藉伸正义"；守东瓜，复棠吉；殒身缅北，遗恨丛林，马革裹尸，成就了光辉的一生。

《爱国志士　民主先锋——新闻出版家邹韬奋》

本书讲述了邹韬奋献身新闻出版事业的奋斗历程，展现了一位新闻工作者坚定的革命信念和炽热的爱国主义精神，全心全意为人民服务、为读者服务的奉献精神，歌颂了他的高尚情操和优良品质。

《为抗战发出怒吼——人民音乐家冼星海》

人民音乐家冼星海，青年时期在巴黎求学，饱尝屈辱与磨难；学成后毅然回到多灾多难的祖国，用满腔热忱谱写激昂的音乐，鼓舞中华儿女的斗志；奔赴延安，谱写出不朽的名作《黄河大合唱》，发出中华民族抗日救亡的怒吼。

《全民皆兵　抗击日寇——抗日战争的故事》

中国人民进行的十四年抗战，是一百多年来中国人民反对外敌入侵第一次取得完全胜利的民族解放战争。这场战争是以国共两党合作为基础，有社会各界、各族人民、各民主党派、抗日团体、社会各阶层爱国人士和海外侨胞广泛参加的全民族抗战。

《捧着一颗心来　不带半根草去——人民教育家陶行知》

陶行知是我国现代教育史上伟大的人民教育家、教育思想家。他从青年起就立志献身教育事业，以"捧着一颗心来，不带半根草去"的赤子之心，为人民的教育事业鞠躬尽瘁。

《为民主与和平拍案而起——民主斗士闻一多》

闻一多早年与梁实秋等人发起成立清华文学社。赴美留学期间由对祖国的深深眷恋而创作著名的《七子之歌》。后在西南联大任教8年，积极投身于抗日运动和争取民主的斗争，发表了著名的《最后一次讲演》。

《铁窗难锁钢铁心——革命先烈王若飞》

王若飞是我党早期杰出的无产阶级革命家。在艰苦卓绝的斗争中，他出生入死，屡建奇功，以超人的睿智和胆略，在敌人的监狱中，同敌人展开了殊死的较量，为抗战的胜利和新中国的诞生做出了卓越的贡献。

《横扫千军　还我河山——抗联名将李兆麟》

李兆麟是东北抗日联军创建人之一，他率领抗日联军历尽千难万险与日本侵略者浴血奋战，在极其艰苦的条件下，保存了抗日联军的有生力量，为东北光复做出了重大贡献。

《锄头开出新天地——解放区大生产运动》

为了解决困难，渡过难关，党中央号召党政军民齐动手，开展大生产运动。中国共产党在其控制区域内发动的一场军队屯田和鼓励生产的群众运动，达到了自己动手丰衣足食，共度难关，既进行革命又进行生产自足的目的。

血溅校场　杀身成仁

《生的伟大 死的光荣——女英雄刘胡兰》

刘胡兰，坚贞不屈的少年女英雄。生前对我国劳动人民的解放事业无限忠诚，在敌人威胁面前，大义凛然，毫无惧色，英勇牺牲，表现了共产党员的高贵品质。

《饿死不领美国救济粮——爱国知识分子的楷模朱自清》

朱自清作为爱国知识分子的典型，以锐利的笔锋直言痛斥反动政府的暴行，体现了他崇高的爱国情怀和不畏恶势力的精神品格。毛泽东曾给朱自清先生以高度评价："一身重病，宁可饿死，不领美国的'救济粮'"，"表现了我们民族的英雄气概"。

《为了新中国前进——舍身炸碉堡的董存瑞》

伟大的英雄，中国人民的儿子董存瑞，从儿童团长成长为一名光荣的解放军战士，在1948年解放隆化县城时，舍身炸碉堡，为新中国献出了自己年轻的生命。他的英雄形象永远留在人民心里。

《宁死不屈的共产党员——革命烈士江竹筠》

江竹筠，就是著名的江姐。1947年春，她负责《挺进报》工作，只几个月的时间，报纸就发行到1600多份，引起了敌人的极大恐慌。由于叛徒出卖，江姐不幸被捕，惨遭毒刑的残酷折磨，仍坚贞不屈。最后被特务秘密枪杀，年仅29岁。

《抗美援朝 保家卫国——志愿军的战斗故事》

抗美援朝战争是中国人民志愿军为援助朝鲜人民、保卫祖国安全，与美国为首的"联合国军"发生的战争。在朝鲜牺牲的志愿军烈士们，他们英勇的战斗事迹、保家卫国的精神值得我们发扬光大。

《上甘岭上壮烈歌——黄继光和他的战友们》

在1952年10月的上甘岭战役中，黄继光和他的战友们在零号阵地半山腰被敌机枪火力点压制，此时，黄继光身上已经多处负伤，手雷也已全部用光。为了完成任务，减少战友的伤亡，他用自己的胸膛堵住正在扫射的敌机枪射孔，为反击部队扫清了前进的道路。

《诗书印画　全入神品——国画大师齐白石》

　　齐白石出身贫寒，做过农活，当过木匠，后改学雕花木工，从民间画工入手，摹古人真迹，学诗文书法，融汇古今，而诗、书、印、画俱佳；他将中国画的精神与时代的精神统一得完美无瑕，使中国画得到国际的重视，无愧于"国画大师"的称号。

《毕生为文化而奋斗——中国第一出版家张元济》

　　张元济参与、主持和督导商务印书馆近六十年，使其从简单的印刷企业转变为当时中国教育出版的旗帜。张元济一生爱书，在中华大地动荡不安的年代里，他用自己对文化的热爱，续存着中华民族灿烂悠久的文明之光。

《独树一帜　梨园大师——著名京剧表演艺术家梅兰芳》

　　梅兰芳，京剧大师，演唱风格独树一帜，世称"梅派"。曾先后赴日本、美国、苏联演出，并荣获美国波摩那学院和南加州大学的荣誉文学博士学位。作为一位爱国者，抗战期间蓄须明志，拒绝为日本人演出，为后世称颂。

《华侨旗帜　民族光辉——爱国侨领陈嘉庚》

　　陈嘉庚是著名的爱国华侨领袖、企业家、教育家、慈善家、社会活动家。他为辛亥革命、民族教育、抗日战争、解放战争、新中国的建设做出了卓越的贡献。生前被毛泽东誉为"华侨旗帜、民族光辉"。

《向雷锋同志学习——伟大的共产主义战士雷锋》

　　雷锋，一个平凡而伟大的共产主义战士，一心向着党，一生秉承着全心全意为人民服务、无私奉献的崇高思想；发扬刻苦学习和钻研理论的"钉子"精神；坚持勤俭节约、艰苦奋斗的优良作风。毛泽东为其题词："向雷锋同志学习。"

《人民的好公仆——县委书记的好榜样焦裕禄》

　　焦裕禄，被誉为县委书记的好榜样。他用自己的革命精神，展开了与大自然、与社会落后现象、与病魔的多重抗争，让我们领略到一

个共产党人的生之伟大、死之壮美的人格品质和具有现实教育意义的精神魅力。

《文学巨匠　京味大师——人民作家老舍》

老舍是我国现代小说家、文学家、戏剧家。他用融入骨髓的真诚文字反映生活的喜怒哀乐。老舍的一生，总是在忘我地工作，他是文艺界当之无愧的"劳动模范"，生前被北京市人民政府授予"人民艺术家"的称号。

《革命老人——无产阶级教育家徐特立》

徐特立是一代伟人毛泽东的老师。他出生在贫苦家庭，大部分时间生活在动荡艰苦的年代；他刻苦勤奋，不畏艰辛，追求光明，一生勤俭，为革命培养了大量的人才；他对党和人民任劳任怨，鞠躬尽瘁。他坎坷奋斗的一生，留下了许多可歌可泣的故事。

《人生能有几回搏——新中国第一个世界冠军容国团》

容国团先后担任中国乒乓球队运动员、女队主教练。获得1959年男子单打世界冠军；1961年夺得男子团体世界冠军；作为中国女队主教练，1965年率女队第一次夺得女子团体世界冠军。他的"人生能有几回搏"的豪言，举国传诵。

《石油工人一声吼　地球也要抖三抖——铁人王进喜》

王进喜，新中国第一批石油钻探工人。他为祖国石油工业的发展和社会主义建设立下了不朽的功勋，在创造了巨大物质财富的同时，还给我们留下了宝贵的精神财富——铁人精神。他被评为"百年中国十大人物"，写入中华民族的光辉史册。

《做人民需要我做的事——著名地质学家李四光》

李四光是一位伟大的科学家，他一生从事地质学研究工作，足迹遍布祖国的山川，为祖国探明了许多地下宝藏；他创建了崭新的学说——地质力学；他历尽重重困难，为正确认识地质构造开辟了一条新路。

《中国化学工业的先驱——著名化学家侯德榜》

为摆脱纯碱需要进口的窘况，20世纪初，怀着"实业救国"梦想的中国化工先驱侯德榜等人创办了永利碱厂，并立志生产出中国人自己的碱。1926年，永利碱厂终于成功地生产出"红三角"牌纯碱，从此中国制碱业得以跨入世界先进行列。

《毕生求是　一丝不苟——著名科学家竺可桢》

著名科学家竺可桢献身科学研究；治学严谨，一丝不苟；一生廉洁，两袖清风；作风民主，爱护学生。他以爱国之心、报国之志，从一个民主主义者逐渐成长为一个共产主义战士。

《热爱自然的大地之子——著名植物学家蔡希陶》

蔡希陶，五十载风雨，五十载坎坷，五十载奋斗，五十载开拓，为了发现对人类生产、生活有用的植物及新物种的引进而做出巨大贡献，在中国的植物资源学史上将永远镌刻着他的名字。

《高洁无私的襟怀——知识分子的楷模蒋筑英》

蒋筑英是中国当代知识分子的先锋典范，他不为名，不为利，尊重科学；他以坚忍的毅力和顽强的作风，在科学的道路上呕心沥血，鞠躬尽瘁，无私地奉献了青春和生命。

《迎接新生命的天使——卓越的妇产科专家林巧稚》

林巧稚是国内外享有盛誉的妇产科专家。在五十多年的医学教育和临床实践中，林巧稚亲自接生了五万多婴儿，治愈了数千病人，培养了数以百计的专门人才，为我国的妇女儿童事业做出了不可磨灭的贡献。

《独自成千古　悠然寄一丘——国画大师张大千》

张大千是20世纪中国画坛最具传奇色彩的国画大师，无论是绘画、书法、篆刻、诗词无所不通。在艺术界深得敬仰和追捧，艺术家们用真挚的感情，用绘画和雕塑展现了"张大千"多彩的艺术形象。

《建造中国的通天塔——著名数学家华罗庚》

中国当代著名数学家华罗庚，为中国数学的发展做出了无与伦比的贡献，他是中国解析数论、典型群、矩阵几何等多方面研究的创始人与开拓者，也是我国最早将数学理论研究与生产实践紧密结合的科学家。

《问鼎长天　强我国威——两弹元勋邓稼先》

邓稼先是我国著名科学家，参加组织和领导我国核武器的研究、设计工作，从对原子弹、氢弹原理的突破和试验成功及其武器化，到新的核武器的重大原理突破和研制试验，作出了重大贡献。是我国核武器理论研究工作的奠基者之一，被誉为"两弹元勋"。

《敢叫天堑变通途——桥梁专家茅以升》

中国著名的桥梁专家茅以升从小立志为祖国建造桥梁，经过不懈努力，他不仅设计建造了一座座宏伟壮观、坚固实用的道路桥梁，而且搭建了一座座友谊之桥，为祖国建设作出了卓越贡献。

《蘑菇云之梦——核物理学家钱三强》

被誉为"中国原子弹之父"的核物理学家钱三强，更名后立志于科技报国；24岁投师于世界著名核物理学家居里夫妇；与夫人何泽慧合作，发现铀的"三分裂""四分裂"现象；统领我国的原子大军，做了大量创造性工作。

《两离桑梓地　满怀雪域情——领导干部的楷模孔繁森》

孔繁森，是一位一尘不染、两袖清风的好干部。两次进藏工作，历时十载，为西藏的建设、发展和稳定作出了突出的贡献。1994年11月，孔繁森不幸以身殉职。人民群众称他为新时期领导干部的楷模。

《摘取数学皇冠上的明珠——著名数学家陈景润》

陈景润是享誉世界的数学家，为了证明"哥德巴赫猜想"，他以惊人的毅力在数学领域里艰苦跋涉，终于攻克了世界著名数学难题"哥德巴赫猜想"中的"1＋2"，创造了中国乃至世界数学史上的辉煌。

《学术独步　饮誉四海——享有国际威望的科学家卢嘉锡》

卢嘉锡是一位在国际科学界享有崇高威望的物理化学家、化学教育家和科技组织领导者。1945年，卢嘉锡满怀"科学救国"的热忱回到祖国，对中国原子簇化学的发展起了重要推动作用，他所指导的新技术晶体材料科学研究，也取得了重大成绩。

《德艺双馨　梨园楷模——著名豫剧表演艺术家常香玉》

常香玉1941年赴陕甘演出。1948年在西安创办香玉剧社。1951年为支援抗美援朝，率剧社巡回西北、中南、华南各地演出，以演出收入捐献"香玉剧社号"战斗机一架，素有"爱国艺人"之誉。

《文学大师　激流勇进——著名作家巴金》

本书以巴金生平和主要事迹为线索，回顾和展示现代著名作家巴金的一生，以期让人们看到巴金在这风云变幻的100多年中，有过成功的欢欣，有过痛苦的忏悔，有过平静的安宁。巴金的人生，映照着一代中国五四知识分子坎坷而不平凡的命运。

《壮心系科学　孜孜为国昌——理论化学家唐敖庆》

本书讲述了唐敖庆从出国求学、学业有成、回国任教，到服从安排、艰苦工作、刻苦钻研，最终成为中国量子化学奠基者的过程。让人们看到了这位著名化学家的赤心爱国、严谨治学、大公无私的崇高品格和科研上的卓越成就。

《中国导弹之父——著名科学家钱学森》

当第一颗原子弹升空的时候，当中国的人造卫星奏响《东方红》的时候，当中国运载火箭腾空而起的时候，当中国研制的导弹准确命中目标的时候，人们都会想起他的名字：中国导弹之父钱学森。

《中国近代力学的奠基人——著名科学家钱伟长》

钱伟长曾以中文和历史两个100分的成绩考入清华大学。九一八事变后，钱伟长毅然放弃了文科的学习而转为理科。他是中国近代力学、应用数学的奠基人之一，在固体力学、流体力学以及航空航天领域，取

血溅校场　杀身成仁

得了卓越的成就，为新中国的现代化建设付出了毕生的精力。

《中国光学科学的奠基人——著名科学家王大珩》

王大珩是我国著名的科学家，中国光学科学的奠基人。他先在清华就读，后赴英国求学，学业有成，立志科学救国，其成就享誉神州。他以科学的求是精神和赤诚的爱国情怀，探索着中国光学发展的闪光之路。